GABRIELLE

D'ESTRÉES,

TRAGÉDIE.

GABRIELLE D'ESTRÉES,

TRAGÉDIE

EN CINQ ACTES.

Par M. de SAUVIGNY.

Repréfentée pour la premiere fois, à Verfailles, le 28 Janvier 1778.

Incedo per ignes
Suppofitos cineri dolofo.

Prix 30 fols.

A PARIS,

Chez ROBUSTEL, Libraire, Cloître des Jacobins, la premiere Boutique en entrant par la rue de la Harpe, près la Place Saint-Michel.

M. DCC. LXXVIII.

Avec Approbation & Privilége du Roi.

PRÉFACE.

» **S**ANS vouloir juſtifier la paſſion de Henri IV,
» pour la belle Gabrielle , la Juſtice pourtant
» m'oblige à remarquer ici que cet attachement
» n'étoit pas moins fondé ſur les qualités du
» cœur & de l'eſprit que ſur celles du corps ,
» & que *la haine ſeule* qu'on porte ordinaire-
» ment aux maîtreſſes des Rois , a fait dire d'elle
» tout le mal que nous en liſons »,

C'eſt ainſi que s'exprime un des hommes-qui
a le plus refléchi ſur le regne de Henri IV;
voilà ce que penſe de Gabrielle un Eccléſiaſtique
reſpectable , un critique judicieux , le rédacteur
des Mémoires de Sulli. Il rejette abſolument
comme des contes inventés à plaiſir les anecdotes
rapportées par Sancy , & adoptées par l'Etoille
ſur *les amours de d'Eſtrées & de Bellegarde.*

Sancy & l'Etoille n'ont pas inſpiré plus de
confiance à l'Auteur eſtimé de *l'Eſprit de la
ligue.* » Le premier , nous dit-il , tourmenté par
» une bile noire , a trempé ſa plume dans le fiel,

a

» & le fecond avec fa naïveté cauftique , n'étoit
» que l'écho des bruits populaires ».

On peut en croire Sancy quand il fe déclare
l'auteur de ces bruits populaires, quand lui-même
en tire vanité, quand il eft cité par des hommes
dignes de foi pour avoir mis tous fes foins à
les répandre. Je ne crois pas qu'on me demande
comment il parvint à les accréditer. Alors il étoit
prefque furintendant des Finances, & fans doute,
il avoit des moyens auxquels il pouvoit donner un certain poids. A préfent qu'il n'eft plus,
on me permettra d'examiner fi nous devons l'en
croire fur fa parole.

S'il ne reprochoit à Gabrielle que de tendres
foibleffes, peut-être n'aurai-je pas entrepris de
la défendre, non que je ne trouve la caufe de
mon héroïne très-bonne , mais il eft bien défa-
gréable d'avoir à combattre une vieille erreur
qui a pris fa fource dans la malignité du cœur
humain. L'avanture de la *groffeffe* & celle du
cabinet ne font fondées fur aucunes preuves ; on
les a citées parce qu'on en a ri ; on a voulu
qu'elles fuffent vraies , parce qu'elles étoient
plaifantes. Les femmes s'amufent comme nous ,
de pareilles hiftoriettes, mais au fond elles fa-
vent à quoi s'en tenir. Les hommes , à ce qu'on
dit, ne fe foucient gueres d'en démêler la vérité ; une inclination fuperftitieufe les porte
d'abord à croire. Heureufement qu'ils exigent des

preuves quand les accusations commencent à devenir sérieuses.

Dans les galanteries que Sancy reproche à Gabrielle, il mêle des circonstances dont la fausseté est manifeste. Le témoignage unanime des écrivains de son siécle dépose contre lui. On est forcé de convenir que toutes ces imputations sont également destituées de preuves. Peut-on sans injustice adopter les unes en rejettant les autres ?

Peut-être me demandera-t-on comment une femme que j'ai voulu peindre aussi douce que la belle Agnès, & aussi tendre que la Valiere, a pu se faire un ennemi constamment acharné contre elle ? [*] » Sancy, me dira-t-on, étoit à la vérité *un esprit turbulent & fougueux, mais, courtisan délié, il avoit un art très-rafiné de flatter le Roi dans ses divertissemens, & de l'amuser dans ses galanteries.* Cependant dès qu'il voit arriver Gabrielle à la Cour, il l'attaque ouvertement, il l'accable des traits les plus satiriques, il se permet les calomnies les plus atroces ; d'où provient une haine aussi subite, aussi envenimée ? La réponse n'est pas difficile à faire. Le courtisan délié vouloit bien permettre à son maître un commerce de galanterie, mais non pas une passion ; en homme d'esprit il prévoyoit que les charmes

____

(*) Voyez les Mémoire de Sulli.

de Gabrielle & l'amabilité de fon caractere devoient infpirer un attachement durable. Il fa-
voit qu'une calomnie, telle abfurde qu'elle foit,
revêtue, fi je l'ofe dire, de la fanction publique,
équivaut à la vérité. Qui fait, s'il ne vouloit pas
vanger une maîtreffe difgraciée, ou fervir une
favorite en efpérance ? Il eft clair du moins que
fans ceffer d'être le courtifan le plus affidu, il
décria publiquement Gabrielle, fûr de la perdre dans l'efprit de fon maître s'il parvenoit à la
déshonorer.

Enfin il lui arriva ce qu'il avoit mérité, il fe
perdit lui-même. Henri connoiffoit trop le cœur
humain pour fe tromper long-tems fur le caractere de Gabrielle. Vous le voyez, après dix ans
d'un bonheur tranquile fe féliciter encore chaque jour d'avoir rencontré une ame faite pour
la fienne, une ame fenfible & naïve. Après dix
ans, il loue fa maîtreffe fur fa *douceur* & fon *ega-
lité;* que demandez-vous de plus ? Voulez-vous
favoir ce que penfe d'elle l'homme le plus avare
de fon eftime, le plus difpofé à combattre avec
force & même avec dureté les foibleffes de fon
Prince? Saififfez le moment où Sulli eft emporté
par un premier élan du cœur, vous l'entendrez
dire à Henri *que cette femme étoit digne de fon
attachement par mille bonnes qualités.*

Cet aveu que la vérité feule pouvoit arra-

cher à Sulli eſt un hommage qu'il devoit à Gabrielle. Un Hiſtorien a dit que ſouvent elle donnoit au Roi de bons conſeils ; l'exemple que
j'en vais citer en ſera la preuve; & c'eſt de Sulli
lui-même que je l'emprunte.

Sulli ne jouiſſoit pas encore de toute la faveur du Monarque ; alors pluſieurs rivaux l'em-
portoient ſur lui. Il avoit eu des démêlés très-
vifs avec le Duc de Nevers & tous les Membres
du Conſeil. Le Comte de Soiſſons & la Sœur
même du Roi, le déteſtoient. Le Chancelier,
amant de la tante de Gabrielle (choſe qu'il eſt à
propos de remarquer), le Conetable, les Miniſtres ,
toute la Cour enfin étoit liguée contre lui ; on
étoit parvenu à l'exclure du Conſeil des Finances. Déja même Henri commençoit à ſe perſua-
der que Sulli n'étoit pas propre à cet emploi ,
& lui avoit dit qu'il lui en chercheroit un autre ;
& c'étoit ce que Sulli déſiroit. Gabrielle eut ſeule
le courage de s'y oppoſer : Sulli n'étoit point ſon
ami ; peut-être étoit-il le ſeul dont elle ne pût
pas eſpérer de faire ſon complaiſant ; mais elle
ſentoit les beſoins de la France , & elle aimoit la
gloire de ſon amant.

Choqué d'une réponſe fiere de Sulli, Henri
revint la trouver. Malgré les repréſentations de

Gabrielle, Henri perſiſtoit à dire *qu'il ne vouloit pas ſe mettre tout le monde à dos pour lui ſeul.* Que va lui répliquer cette femme douce & naïve? Ce qui feroit honneur à une ame forte, à un ſage politique. » Sire vous ne ferez, dit-t-elle, » jamais bien ſervi que par un homme que le » pur motif de l'intérêt public fait agir & qui » ne craint ni la haîne des Financiers, ni le » crédit de leurs protecteurs ».

Telle étoit la femme que vouloit élever au Trône un Roi qui aimoit tendrement ſon peuple. Une mort violente enleva à la fleur de ſon âge cette Maitreſſe adorée : Henri en porta le deuil ; toute la Cour ſuivit ſon exemple; il la pleura long-tems & la regretta toute ſa vie.

Il me reſte maintenant à parler, non de ma Tragédie (je ne chercherai point à prévenir le jugement du public) mais du nouveau Théâtre ſur lequel elle vient d'être repréſentée. On doit voir avec plaiſir ſe former, ſous les yeux même de la Cour, un établiſſement fixe que l'on veut compoſer des meilleurs Acteurs de la Province & des Cours étrangeres. On ne ſçauroit trop applaudir à la courageuſe émulation de la directrice. La réſolution où elle eſt de donner fréquemment de nouvelles Pièces de Théâtre doit produire plufieurs biens à la fois ; le premier, de perfectionner le jeu des Acteurs en leur fefant faire de plus grands efforts parce qu'ils font obligés de créer leurs rôles, parce que les répétitions des Pièces nouvelles fe font toujours avec plus de foin & fous les yeux des Auteurs ; le fecond, d'enflammer l'ame des Auteurs que de petites intrigues doivent dégrader, fi de trop longs retards ne les découragent ; le troifieme, qui me paroit plus important & auquel il me femble qu'on ne fait pas affez d'attention, c'eft d'exercer d'une maniere plus fûre le jugement & la fenfibilité des jeunes perfonnes pour qui le fpectacle eft à préfent une partie intéreffante de l'éducation. C'eft aux premieres repréfentations furtout qu'on apprend à juger les Pièces de Théâtre, & comme toutes les combinaifons de ces fortes d'Ouvrages font fondées fur le cœur humain, on ne parvient à les bien connoître, qu'en refléchiffant fur foi-même & fur les devoirs refpectifs de la fociété. J'ai peine à concevoir comment dans de grandes Villes, telle que Rouen, Lion, Bordeaux, &c. où l'on porte une attention particuliere fur les fpectacles, où l'on a élevé à grands frais des Salles dignes de la Capitale, on puiffe négliger encor d'y attirer les Auteurs Dramatiques. Si je pouvois m'éten-

a 4

dre d'avantage fur cet objet, il ne me feroît pas difficile de prouver que l'Art Dramatique eft le pere de tous les Arts en France, que c'eft à lui qu'ils ont dû leur perfeҫtion à Paris, & que ce qu'il a fait dans la Capitale, il le feroit de même dans les principales Villes du Royaume.

Mais je reviens au nouvel établiffement de Verfailles (*), & je vais inférer ici la lettre que Mademoifelle de Montenfier écrit à ce fujet.

---

(1) Je n'ai qu'à me louer infiniment des Speҫtateurs, de la Direҫtrice & des Aҫteurs. Je dois applaudir au zèle & aux talents de ces derniers. Ma Pièce a été jouée avec beaucoup d'enfemble & fans déclamation.

Le plus grand nombre des Aҫtrices aujourd'hui, femble ne faire cas que des rôles *de morgue* & *à paffions fortes*, c'eft-à-dire, que leur jeu ne differe de celui des hommes que parce qu'il eft plus forcé. J'avoue que le ton décent, qui fied fi bien aux femmes, devient de jour en jour plus rare dans la fociété; mais il a prefque difparu du Théâtre. Je ne m'en fuis point apperҫu dans le rôle de Gabrielle : j'ai retrouvé dans Mlle. Pitrot, les graces & la douce fenfibilité du perfonnage qu'elle repréfentoit. Le rôle de Henri IV, offroit de plus grandes difficultés à l'Aҫteur qui en étoit chargé. Il l'a rendu avec une extrême vérité ; il a déployé les reffources d'un homme qui a fait une grande étude de fon Art.

A Messieurs les Auteurs Dramatiques.

MESSIEURS,

» Un privilége exclusif accordé par Louis XV, & ratifié par Louis XVI, lors de son sacre ; des Lettres-patentes enregiftrées au Parlement ; l'autenticité de ces titres qui aſſurent les propriétés des citoyens, m'ont portée à acheter un terrein ſur lequel j'ai fait bâtir une ſalle de ſpectacle, dont le goût mérite & obtient le ſuffrage des artiſtes. Je ne vous expoſe, Meſſieurs, la ſolidité de mon établiſſement que pour vous engager à ſeconder mon zele en favoriſant une entrepriſe qui peut vous ouvrir un nouveau ſentier à la gloire ; le ſeul moyen de conſerver au théâtre nátionnal la ſupériorité ſur tous les autres, eſt d'exciter l'émulation de Meſſieurs les Auteurs dramatiques. C'eſt aux productions nouvelles que les Acteurs doivent ſouvent le développement de leurs talens & le mérite d'être créateurs. Je vous invite donc, Meſſieurs, à faire jouer vos ouvrages ſur un Théâtre honoré quelquefois de la préſence de la Cour la plus auguſte ; quel motif pour vous déterminer à m'accorder vos ſecours.

Les bons Acteurs deviennent de jour en jour plus rares. Les appointemens les plus diſpendieux ont ceſſé de me le paroître. Je ſais quel eſt ſouvent la diſtance du zele au ſuccès ; mais je n'épargnerai rien pour les Acteurs, je ne négligerai rien pour que les piéces foient données avec la plus grande exactitude & avec toute la pompe qu'elles feront dans le cas d'exiger.

Ces avantages réunis, Meffieurs, m'ont parus dignes de mériter votre confiance & pour vous prouver celle que vous m'infpirez, je vous prie de vouloir bien faire vous-mêmes les réglements particuliers au Théâtre de Verfailles.

J'ai l'honneur d'être :

M ESSIEURS,

Votre très-humble
& très-obéiffante fervante,
DE MONTENSIER.

A Verfailles ce 12 Mars 1778.

Je crois devoir vous prévenir, Meffieurs, que je vas faire repréfenter inceffamment une Tragédie du Grand Corneille, au profit de fa petite Nièce, j'aurai l'honneur de vous prévenir du jour.

ÉPITRE MORALE;
AUX
JOLIES FEMMES.

J'AI voulu tracer le modele
Des bons Rois & des vrais Amants;
Henri partagea ses moments
Entre son peuple & Gabrielle:
Gabrielle dont la candeur,
Et dont les yeux pleins de langueur
Annonçoient une ame si belle,
La seule dont il eut le cœur,
Et qui, je crois, lui fut fidèlle.

Que le plus grand des Potentats
Dans ses mains porte le tonnerre,
Fasse la Paix, fasse la Guerre,
Et des heureux, & des ingrats;
Que devant lui tremble la terre:
Il est un pouvoir plus flatteur
Qu'on ne doit point à la Couronne,
Et ce pouvoir, Sexe enchanteur;
C'est la beauté qui vous le donne;

Non la froide & fière beauté,
Qu'au premier coup d'œil on admire;
Et qui se rend par vanité;
Mais qui ne connoît, qui n'inspire,
Ni l'amour, ni la volupté.

Ses grands yeux, ses lèvres de rose,
Et les contours bien arrondis
D'un sein, qui tristement repose,
Taille élégante, teint de lys,
Je l'avouerai, font quelque chose;
Cependant, fier de ce trésor,
On desire, on exige encor.
Quoi, direz-vous? Le don de plaire.

C'est lui qui donne à vos appas
Une valeur moins arbitraire,
Un pouvoir que les Rois n'ont pas,
Pouvoir qui semble involontaire,
Le dernier charme qui périt,
Qui tient aux graces de l'esprit,
Et plus encor au caractère.

Voilà bien l'unique enchanteur
Dont jamais on ne se defie;
C'est lui qui remplit notre cœur,
D'une constante idolâtrie,

Et qui, pour fixer le bonheur,
Sous mille formes fe varie :
Il donne au plus fimples difcours
D'une Beauté douce & naïve,
Ce fentiment vrai, qui toujours
Va faifir notre ame attentive,
Je ne fais quel art innocent
Qui nait de la délicateffe,
Et cette infinuante adreffe
Qui commande, en obéiffant.

Telle fut la belle d'Eftrée :
Pour plaire, pour être adorée,
Et pour enchaîner la faveur,
L'adreffe qu'elle s'eft permife ;
C'eft de régner avec douceur,
Toute la peine qu'elle a prife ;
C'eft de laiffer agir fon cœur.

En ufurpant le même empire,
Verneuil (*), ne voulut que féduire.
Voyez fes efforts affidus
Pour feindre tout ce qui nous charme ;
Remarquez comme tout l'alarme,
Dans les pièges qu'elle a tendus,

____

(*) La Marquife de Verneuil, lifez l'Hift. de Henri IV.

Et comme elle flotte incertaine ,
Dans les tourments d'une ame vaine ,
Qui fent qu'on ne l'eftime plus ,
Quand cette agaffante Sireine ,
Prude & coquette , humble & hautaine ,
Par des faveurs & des refus ,
Entretient ce flus & reflus ,
Qui nous repouffe & nous ramène.

Gabrielle goûtoit en paix
Les doux fruits d'un amour durable :
Avec plus d'art , autant d'attraits ,
Verneuil, l'as-tu fenti jamais
Ce plaifir pur & défirable ?

Vous qui brillez par vos apas ,
Vous voyez , dans un rang plus bas ,
L'abus que vous en pouvez faire ;
Si l'art feme de quelque fleurs
Les premiers pas de la carière ,
Vos fuccès feront vos malheurs.
Craignez les perfides douceurs
Dont la fuite eft toujours amere ;
Craignez les confeils féducteurs
D'une fcience menfongere.
Eh comment régner fur les cœurs

Sans que le cœur ne vous éclaire ?
Par de fubtils déguifements,
Pourquoi trahir les mouvements
D'une ame délicate, honnête ?
Ne cherchez point, à contre-tems,
L'amour dans les emportements,
Et le fentiment dans la tête.

La Beauté vous égale aux Rois :
Pour donner des loix à la terre,
Deux moyens font à votre choix,
L'art de féduire & l'art de plaire.
Diftinguez bien leurs attributs,
Vous affermirez votre empire :
Par des défauts on peut féduire,
On ne plaît que par des vertus.

F I N.

PERSONNAGES.

HENRI IV.

GABRIELLE D'ESTRÉES.

LA MARQUISE DE SOURDIS,
Tante de Gabrielle.

SULLY.

SILLERY.

AMELIE.

UN OFFICIER DES GARDES DU CORPS.

TROUPE DE GUERRIERS, DE COURTISANS
ET AUTRES PERSONNAGES.

La Scène est au Louvre.

GABRIELLE
D'ESTRÉES,
TRAGÉDIE.

ACTE PREMIER.

SCENE PREMIERE.

GABRIELLE D'ESTRÉES , LA MARQUISE DE SOURDIS.

SOURDIS.

Rendons graces aux cieux : le calme enfin renaît ;
Le Vatican s'appaise & sa foudre se tait.
Cet aliment sacré des discordes civiles ,
L'anathême est levé : les Ligueurs plus dociles

Rappellent dans nos murs le Vainqueur adoré.
Entendez-vous Paris, à ſes tranſports livré,
D'un Conquérant, d'un pere exalter la clémence?
On veut, pour aſſurer le Trône de la France
Au pur ſang des Bourbons, ſi fertile en Héros,
Que ce Roi de l'Hymen rallume les flambeaux;
Sachez me ſeconder, & ſa main triomphante
Ceint du bandeau Royal le front de ſon amante.

GABRIELLE.

Que j'ouvre ſur le Trône un œil ambitieux!
Moi! que j'oſe aſpirer à ce rang glorieux!
Que me propoſez-vous? Pouvez-vous bien, cruelle,
Nourir d'un fol eſpoir le cœur de Gabrielle?

SOURDIS.

Votre eſpoir eſt fondé : rappellez-vous ces jours
Où les premiers ſerments conſacroient vos amours;
Henri méconnu, ſeul, & ſourd au bruit des armes
Franchiſſoit les deux camps pour admirer vos charmes.
Depuis nous préſentant un front victorieux,
Satisfait d'obtenir un regard de vos yeux,
Il me diſoit; » Sourdis, croyez en ma tendreſſe,
» Ma vie eſt attachée aux jours de votre nièce;
» Quand Paris de la paix goûtera la douceur
» M'unir à Gabrielle eſt le vœu de mon cœur.

GABRIELLE.

Le peut-il ſans bleſſer l'orgueil du rang ſuprême?
J'ai pris trop de plaiſir à m'abuſer moi-même;
Mais il étoit proſcrit, abandonné, trahi,
Je pleurois ſes malheurs en m'attachant à lui.
En vain l'Europe entiere admiroit ſon courage,
En vain, pour diſputer un ſanglant héritage,
Dans les plaines d'Yvry, d'Aumale, & de Coutras,
Par des faits immortels il ſignaloit ſon bras,

L'inftant de la victoire, eut pour moi peu de charmes:
Chacun de fes exploits me coûtoit tant de larmes;
Ses périls par l'amour accrus, multipliés
Nuit & jour pourfuivoient mes efprits effrayés;
Combien il redoubloit mon horreur pour la guerre!
C'eft par d'autres vertus qu'il avoit fçu me plaire;
Quand il vint, ce Héros, tomber à mes genoux
Il attira mon cœur par un charme fi doux,
Il me parut fi vrai, fi bienfaifant, fi tendre!
Pouvois-je m'arracher au plaifir de l'entendre?
Que vous dirai-je enfin? J'oubliois qu'il fût Roi,
Je reçus fes fermens, & lui donnai ma foi.
Son peuple enfin l'adore, il eft vainqueur, il m'aime;
Eh! que j'emprunte, ou non, l'éclat d'un Diadême!
En ferai-je plus tendre, ou plus belle à fes yeux?
Ce maître de mon cœur m'en aimera-t-il mieux?

SOURDIS.

Par un fécond hymen on attend qu'il fe lie;
Hâtez-vous de remplir les vœux de la Patrie;
Si la néceffité, ce fier tyran des Rois,
Sur un autre que vous faifoit tomber fon choix
Prévoyez-vous les maux que vous avez à craindre?

GABRIELLE.

Je les ai mérités; je n'ai point à m'en plaindre.
Hélas! je compte peu fur mes foibles attraits;
Mais à d'autres que moi, s'ils s'uniffoit jamais,
De ma douleur muette en fecret confumée,
Je cefferois de vivre en ceffant d'être aimée.

SOURDIS.

Eh bien! que tardez-vous à confacrer vos nœuds?
Vous rendrez fon amour auffi durable qu'eux.

GABRIELLE.

Le feu de la difcorde eft encor fous la cendre :
Jufqu'au Trône élevés, & honteux d'en defcendre,
Ces Ligueurs, dont l'orgueil bravoit un fi grand Roi,
Pouront-ils fe réfoudre à fléchir devant moi ?
Et cet hymen, ce rang dont m'exclut ma naiffance
Je les devrois peut-être aux malheurs de la France !
Plutôt mourir cent fois.

SOURDIS.

Quelles vaines terreurs !
Ne faurez vous jamais prévoir que des malheurs ?
Pour un Roi triomphant d'où naiffent vos allarmes ?
Le hazard a-t-il fait le fuccès de fes armes ?
A nos yeux fi longtemps fes drapeaux déployés,
L'Efpagnol abattu, les Ligueurs foudroyés,
Ont-ils encouragé l'audace & la licence
A braver fa colere, en laffant fa clémence ?
S'il eft encor un cœur rébele à fes bienfaits,
Du moins, croyez qu'il tremble au bruit de fes hauts faits?
Quels font les ennemis que vous craignez encore ?
La France eft à vos pieds, & fon Roi vous adore ;
De l'éclat d'un grand nom les Guifes fi jaloux,
Par les liens du fang veulent s'unir à vous ;
Pontifes, Magiftrats, & Guerriers, tout vous aime,
Et vous n'avez enfin contre vous que vous-même ;
Il eft vrai que Sulli, ce Miniftre orgueilleux,
Dur Cenfeur de fon Maître, a condamné fes feux :
Mais le peuple & la Cour, Proteftant, Catholique,
Tout fléchit à regret fous fon joug tyrannique,
Blame fon avarice, & fes fauvages mœurs,
Et déja jufqu'au Trône a porté fes clameurs.
Tandis qu'il eft en butte aux coups de la tempête,
C'eft à vous d'attirer la foudre fur fa tête :
Que Sulli difparoiffe, & le Trône eft à vous.

GABRIELLE.

Moi, grand Dieu ! Qu'écoutant un injuste courroux
J'ose … mais je le vois ; vous m'éprouvez, Madame ;
Jamais un tel deſſein n'eſt entré dans votre ame.
Non. Je n'aurai jamais l'aveugle ambition
D'avilir ce que j'aime en régnant ſous ſon nom ,
Et je plains le cœur dur de ces femmes hautaines
Qui penſent de l'Etat devoir tenir les rênes ,
Qui plaiſent ſans aimer , qui s'en font une loi ,
Yvres du fol orgueil d'avoir ſéduit un Roi.
Que mon ſort eſt plus beau , que mon ame eſt plus fière !
A l'objet de mes feux je m'abandonne entiere ;
Je ne ſens que par lui la joie & le bonheur ,
Et ſi je veux régner , c'eſt au fond de ſon cœur.

SOURDIS.

Cedez donc aux tranſports d'un amoureux délire ;
Mon cœur, je l'avouerai , vous plaint & vous admire ,
Vous ne connoiſſez pas , l'inflexible Sulli ,
Mais s'il cherche à nous nuire , au moins oppoſons lui ,
Silleri dont le zele & la ſoupleſſe extrême ,
Peuvent … J'entens du bruit ; c'eſt Sillery , lui-même.
Qui peut avoir cauſé le trouble où je le voi ?

SCENE II.

GABRIELLE, SOURDIS, SILLERY.

SILLERY.

Pour vous entretenir j'ai devancé le Roi,
Madame il faut s'armer d'un généreux courage ;
Il faut, ou fuccomber, ou conjurer l'orage :
De nouveaux ennemis s'élèvent contre vous.
(Que l'aveu que je fais foit fecret entre nous)
L'hymen à votre amour donnoit une rivale
Dont la haine aujourdhui vous devient plus fatale.

GABRIELLE.

Quoi ? La fœur des Valois !

SOURDIS.

    Quand fes nœuds font rompus,
Elle ofe réclamer des droits qu'elle n'a plus ?

SILLERY.

Sachez que dépouillé d'un double Diadême
Son front menace encor le Monarque & vous-même,
Et que l'or de Madrid, répendu dans ces lieux,
Souleve, contre vous, un peuple injurieux.
Je frémis à la fois pour vous & pour la France ;
On aura cru, Madame (ou du moins, je le penfe)
Ne pouvoir étouffer du fanatifme affreux,
Et de nos longs débats les reftes dangereux
Sans former un hymen plus dangereux encore ;

Henri s'allie au fang qu'en fon cœur il abhorre,
A Médecis.

GABRIELLE.

Dieu !

SILLERY.

Rome à ces nœuds applaudit.

SOURDIS.

Voilà ce que j'ai craint.

[GABRIELLE.

Le Roi vous l'a-t-il dit ?

SILLERY.

Le Roi, jufqu'à ce jour, m'en a fait un myftère,
Madame ; mais j'ai fçu d'un fecret émiffaire
Que de ce grand hymen le Tofcan s'eft flatté,
Qu'entre l'Efpagne & nous d'un fi honteux traité
La paix fera le prix ; que faut-il davantage ?
Pour nous, dans l'avenir, quels malheurs j'envifage !
Ciel ! tu veux donc qu'un fang fi fatal aux Valois,
Le fang des Médicis, nous donne encor des loix !
Croyez que fi mon Prince avoit daigné m'inftruire
D'un deffein fi nuifible au bien de fon empire,
Si contraire à lui-même, & furtout à vos vœux
Je l'aurois détourné de ces funeftes nœuds.

GABRIELLE.

Ne craignez point ces nœuds : croyez en Gabrielle;
Il ne formera point une chaîne nouvelle ;
Quels infidéles bruits ofez-vous répéter ?

SILLERY.

Je me croirois heureux de pouvoir en douter.

SOURDIS.

Mais enfin...

GABRIELLE.

Arrêtez : vous déchirez mon ame.

SILLLERY.

Je n'ai pu me réfoudre à vous tromper, Madame.

GABRIELLE.

Ciel ! Eh-quoi ! Le plus grand, le plus jufte des Rois
Dont la clémence augufte embellit les exploits,
Dont la droiture impofe à fes ennemis même,
Auroit la cruauté de tromper ce qu'il aime !
S'il eft vrai qu'il trahit les fermens les plus faints,
Qui peut compter jamais fur le cœur des humains ?
Que dis-je ; hier encor j'ai lû dans fa penfée ;
Mes yeux, parmi les flots d'une Cour empreffée
Ne l'ont vu qu'un moment ; mais ce Prince adoré
A fait parler les fiens d'un air fi pénétré,
Un mot m'a fi bien peint fa tendreffe éloquente :
Croyez-vous qu'aifément on abufe une Amante ?
Henri de mon erreur n'eût pas long-tems joui ;
Quand fa bouche parloit, fes yeux l'auroient trahi.
Oui, je connois fon cœur, incapable de feindre ;
Oui, le mien m'en affure, & je n'ai rien à craindre ;
C'eft vous feul que l'on trompe, afin de m'allarmer.
Eh comment ? & pourquoi ceffe-t-il de m'aimer ?
On vous l'a fait entendre : eft-ce affez pour le croire ?
Songez-vous qu'en parler, c'eft offenfer fa gloire ?

Que m'importent Florence & le Peuple & la Cour;
L'eſtime dans mon cœur eſt égale à l'Amour,
Et loin de ſoupçonner le Héros que j'adore,
Quand il vous l'auroit dit, j'en douterois encore.

SOURDIS.

Ah! ceſſez d'affecter ce doute injurieux,
Et déchirez le voile étendu ſur vos yeux.

SILLERY.

Souffrez ſur votre amour que mon cœur vous raſſure.
Des charmes ſi touchans n'ont point fait un parjure.
Du cœur de votre amant ils pourroient s'effacer!
Non ſans doute & jamais je n'oſai le penſer;
Mais il vous eſt connu : vos yeux l'ont vu, Madame,
Au milieu des tranſports de ſa naiſſante flamme,
A vos pieds proſterné, contemplant vos appas,
Il entendoit la gloire & voloit aux combats :
Maintenant que la paix vient de ſecher vos larmes,
Vous ne redoutez plus de ſemblables allarmes;
Cependant ſi la gloire, en des momens ſi doux,
Plus forte que l'amour l'entraîna loin de vous;
Croyez que, dans ſon cœur, le bonheur de la France,
Sur la gloire elle-même emporte la balance,
Que tout rempli qu'il eſt de l'ardeur de ſes feux
Il ſe doit à ſon peuple & veut le rendre heureux;
Qu'enfin s'il a penſé que cet hymen funeſte
Des troubles inteſtins pût étouffer le reſte ;
Dût-il, avec horreur, s'avancer aux autels,
Dût-il, le cœur en proie à des tourmens cruels,
Mourir du ſeul regret de perdre ce qu'il aime,
Son cœur eſt aſſez grand pour s'immoler lui-même.

GABRIELLE.

Croit-il que cet effort foit au-deffus de moi ?
Fallût-il renoncer à l'amour de mon Roi ,
Vous me verriez mourir avant que de m'en plaindre ;
Mais comment chaque jour s'abbaiffe-t-il à feindre,
En venant à mes yeux s'applaudir de fon choix ?
Eh quoi ? tous fes fermens , répetés tant de fois,
Flattent d'un faux efpoir fon amante abufée.
Je n'en aurai jamais la coupable penfée...
Quel trouble cependant s'éleve dans mon cœur ?
Un noir preffentiment me glace de terreur.
Ah ! malheureufe ! on veut m'enlever fa tendreffe,
Et fans doute ces feux , ce charme , cette ivreffe
Qu'il m'a fait éprouver dans tous nos entretiens ,
Ils étoient dans mes yeux , je les crus dans les fiens.
Il venoit m'annoncer que fa foi m'eft ravie ,
Sa foi , l'unique bien qui m'attache à la vie ;
Il craint de m'arracher un efpoir trop flatteur ;
Il fent quelques remords à déchirer mon cœur.
En effet , plus j'y penfe & plus je me rappelle
Les funeftes retours de fa pitié cruelle,
Son trouble , fa rougeur & fes regards confus,
Ses difcours commencés , toujours interrompus,
Tout enfin m'annonçoit les combats de fon ame ,
Et le dernier foupir dont il payoit ma flamme.
Vous dites qu'étouffant les plus tendres regrets
Il peut s'immoler même au bien de fes fujets,
Il aura tout promis.

SOURDIS.

Quel funefte langage !
Ecartez , Gabrielle, un foupçon qui l'outrage.

Tour-à-tour par la brigue & l'amour balancé,
Il en gémit fans doute & n'a pas prononcé.

GABRIELLE.

Il devoit m'eftimer affez pour m'en inftruire;
Mais nourrir un amour que je voulois détruire.
Lui qui fait l'afçendant qu'il a pris fur mon cœur,
Que le voir, que l'aimer, fuffit à mon bonheur,
Dans le moment fatal où le fort nous fépare
Des plus tendres fermens fe faire un jeu barbare.
Devoit-il me punir de l'avoir trop aimé ?
Qu'il offre auffi ma vie à fon peuple allarmé;
Le facrifice eft prèt, il faut qu'il s'accompliffe
Et que fa haîne encor foit mon dernier fupplice.

SOURDIS.

Quel bruit ! quels cris foudains jufqu'au Louvre portés ?
Ramenent Amelie à pas précipités.

SCENE III.

**GABRIELLE, SOURDIS, SILLERY,
UN CITOYEN** *présenté par* **AMELIE.**

LE CITOYEN.

Hatez vos pas, Seigneur, Henri vient de paroître.
Mes yeux l'ont reconnu ; Paris revoit son maître.
Le salpêtre enflâmé tonnant sur nos remparts,
Les tambours, les clairons, l'airain de toutes parts
Au loin retentissant, la pompe, la richesse,
Les flots nombreux du peuple & ses chants d'allegresse,
Tout annonce à l'envi, tout célèbre à la fois,
Le plus grand, le plus cher, & le meilleur des Rois.
  Croirai-je qu'il redonne une Reine à la France
Le peuple en ses transports célebre une alliance
Qui va, dit-on, bornant le cours de nos débats,
D'une Reine étrangere honorer nos climats.

(Elle s'éloigne, le Citoyen se retire.)

SOURDIS.

Sulli fait seul ici parler la voix publique
Et sous le voile heureux d'un hymen politique
Dans un piege perfide il veut vous engager ;
C'est à vous de courir au-devant du danger.
Contre vos ennemis osez vous faire entendre
Et me laissez après le soin de vous defendre.
Tremblez, si votre cœur balance un seul moment ;
Vous perdez à la fois le trône & votre amant.

GABRIELLE.

Je rends grace à vos soins, laissez agir leur zèle.

SOURDIS.

Ah ! cachez-moi vos pleurs , ma chere Grabrielle.
Vous croyez à l'État immoler votre amour.
Que je plains votre fort ! vous verrez donc un jour
S'accroître , par degrés , la faveur d'une épouse
Dont le cœur dévoré d'une haine jalouse ,
Va se faire un plaisir d'étaler à vos yeux
La splendeur de son rang , son triomphe orgueilleux.
La Cour se vengera du pouvoir de vos charmes ;
Sous une pitié feinte on épiera vos larmes ,
Pour vous noircir aux yeux d'un Monarque absolu ;
Vous n'y pourrez survivre , & vous l'aurez voulu.

GABRIELLE.

De l'ingrat qui m'outrage uniquement charmée ,
Le plus grand de mes maux fut de m'en croire aimée.

SILLERY.

Je sens combien votre ame a lieu de s'affliger ,
Mais daignez m'écouter , votre fort peut changer :
On peut....

GABRIELLE.

Non, de vous feul j'aurois du me défendre ,
Il m'en a trop couté déjà pour vous entendre ;
Non ; gardez vos conseils ; je n'en veux recevoir
Que de mon amour feul ou de mon défespoir.

SCENE IV.

SOURDIS, SILLERY.

SILLERY.

FAUT-IL que devant vous je rompe le silence ?
Madame, son dépit, & votre indifference,
Le soin que vous preniez d'irriter sa douleur,
D'appuyer sur le trait qui lui perce le cœur,
Et même en ce moment votre subitte joie,
En un mot, tout me dit ce qu'il faut que je croie.

SOURDIS.

Enfin nous sommes seuls ; je peux vous rassurer ;
Je sçavois ce projet que j'ai feint d'ignorer ;
On appelle, à grands cris, une étrangere au trône,
C'est moi qui l'ai semé, ce bruit qui vous étonne,
De Sulli sourdement j'ai secondé les vœux,
Et du premier hymen j'ai fait rompre les nœuds.
Je punirai Sulli de son audace vaine ;
Le piège est sous ses pas, & sa chûte est prochaine ;
Henri, par mes discours irrité contre lui,
Croira tout ; mais il faut appuyer aujourd'hui
Les soupçons qu'en son cœur mon adresse a fait naître.

SILLERY.

Je me perdrois moi-même, & vous nuirois peut-être.
Dissimuler, Madame, est le grand art des Rois ;
Ne vous y trompez pas : nous l'avons vu cent fois
Impénétrable aux yeux d'une Cour qu'il éclaire,
S'armer contre Sulli d'une feinte colère,

Flatter les mécontens dans leurs cris indiscrets,
Des plus sombres complots pénétrer les secrets,
Et recueillant le fruit d'un utile artifice,
Renverser d'un seul mot tout ce frêle édifice;
Mais pourquoi de Sulli favorisant les vœux,
Répandre dans Paris des bruits si dangereux?

SOURDIS.

Henri sait qu'à ses feux Sulli toujours contraire
Veut se parer d'un zele audacieux, severe;
Henri de ce complot soudain va s'indigner;
Quel autre que Sulli poura-t-il soupçonner?
Ce tyran de son Maître est loin de sa présence,
Croyez-vous qu'il échappe à ma prompte vengeance?

SILLERY

Et si par son retour il trahit votre espoir?

SOURDIS.

J'ai des ressorts tout prêts & je les fais mouvoir.
Je vous dirai bien plus; peut-être aujourd'hui même,
Ma nièce sur son front ceindra le diadême.

SILLERY.

Madame, cet hymen est trop précipité;
Le sang des Médicis, du même espoir flatté,
Peut dans un piége adroit attirer Gabrielle;
Je crains leur politique & profonde & cruelle;
Je crains Rome surtout pour ces nouveaux liens.
Déjà l'Eglise en-deuil offre aux yeux des Chrétiens
Le lugubre appareil de ses plus saints mystères.
Ces nœuds l'ont irritée en des tems moins austères;
Songez que de son sein autrefois rejetté,
Et de nouveau par elle avec peine adopté,

Henri peut voir encor, par la Ligue enhardie,
Rallumer dans la France un plus vaste incendie.
SOURDIS.
Rome à qui l'Espagnol ose imposer des loix,
Insulte par foiblesse au plus vaillant des Rois,
Mais Philippe en secret est l'objet de sa haîne ;
Henri peut l'affranchir du tyran qui l'enchaîne :
Que Rome, consumée en efforts superflus,
Approuve cet hymen & ses fers font rompus.
L'or aux plus fiers ligueurs imposera silence ;
Tout fléchira. Zamet que vit naître Florence,
Attaché maintenant à mes seuls intérêts,
Trompe les Médicis & me vend leurs secrets.
SILLERY.
Ne vous reposez pas sur la foi de ce traître,
Feignant de vous servir, il vous trahit peut-être.
SOURDIS.
Je le trompe lui-même. Enfin tout est prévu ;
Et je touche au moment si longtems attendu.
Je redoute un long calme autant que le naufrage.
Pour arriver au port j'ose affronter l'orage.
Surs que les feux du Roi redoublent chaque jour,
Par un dernier obstacle irritons son amour.
Allons encourager son amante éperdue
A gémir, à se plaindre, à s'offrir à sa vue :
Du peuple au même instant il entendra la voix :
C'est en vain que Sulli veut combattre son choix.
L'amour persécuté n'en a que plus de charmes.
Vous verrez de quel œil il soutiendra ses larmes ;
Vous verrez si son cœur, un moment indécis,
Osera balancer entre elle & Médicis.

Fin du premier Acte.

ACTE

ACTE II.

SCENE PREMIERE.
HENRI.

*Entrée de Henri , précédé de fes principaux Officiers , du
Prévôt des Marchands & des Echevins. Le Comte de Briffac,
Gouverneur de Paris , préfente les clefs de la Ville , les
Ducs de Guife & de Mayenne fe jettent aux pieds du Roi.*)

Guise , relevez-vous ; embraffons-nous , Mayenne ,
Je veux votre amitié ; je vous offre la mienne.
      (*En lui donnant le bâton de Maréchal de France.*)
Vous , Briffac , recevez le fceptre des Guerriers,
Et pleurons tous , amis , fur nos triftes lauriers.
   C'en eft fait , de nos cœurs la difcorde eft bannie ;
Ce jour eft le plus grand , le plus beau de ma vie.
Cet accord unanime , & fi doux pour un Roi,
Ces regards fatisfaits qui s'attachoient fur moi ,
Ce pompeux appareil , un plus flatteur hommage ,
De l'amour des Français éclatant témoignage ,
Tous ces cris , ces tranfports , cet abandon du cœur
M'ont fait fentir des Rois le fuprême bonheur :
Je n'en avois , amis , jamais connu les charmes :
Tout mon cœur s'eft ému ; j'en verfe encor des larmes.

B

Que ces pleurs me font chers ! Que j'aime les Françai.t
Que j'aurai de plaifir à combler de bienfaits
Ce peuple qui pour moi , brûle d'un fi beau zèle !
Si fa haine affligea ma bonté paternelle ,
Que dans un feul inftant fon amour empreffé
De tous mes longs travaux m'a bien récompenfé !
    Vous , Biron , commandez aux rives de la Saone ,
Lefdiguieres , aux bords de l'Izer & du Rhône.
Rohan , Montmorenci , la Trimouille , Bouillon ,
Marfillac , Ventadour , & toi , brave Crillon ,
Compagnons de mon fort , & rivaux de mà gloire ,
Il eft tems d'arrêter le vol de la victoire ;
Oublions les combats , & qu'une heureufe paix
Répare tous les maux que la difcorde a faits.

SCENE II.

HENRI.

Enfin , je reverrai ma chere Gabrielle ;
Tout mon bonheur dépend & de mon peuple & d'elle ,
Et dans cet heureux jour , amant , vainqueur & Roi ,
Mes vœux font accomplis : tous les cœurs font à moi.

SCENE III.

HENRI, SOURDIS.

SOURDIS.

Souffrez que partageant la commune allégreſſe,
J'oſe de mes tranſports faire éclatter l'yvreſſe.
Elevé par vous-même au faîte des grandeurs,
Que vous méritez bien l'hommage de nos cœurs!
Vos exploits éclatants, votre rare clémence...

HENRI.

Madame, pardonnez à mon impatience:
A me féliciter tout s'empreſſe en ces lieux
Et Gabrielle encor ſemble éviter mes yeux.

SOURDIS.

Votre bonheur à peine eſt égal à ſa joie;
Pour vous la témoigner c'eſt elle qui m'envoie.

HENRI.

Quel obſtacle imprévu peut arrêter ſes pas ?
Vous vous troublez, Madame, & ne répondez pas!

SOURDIS.

Gabrielle, Seigneur, peut ſeule vous l'apprendre.
        (Avec affectation.)
Aux ordres de ſon Maître elle eſt prête à ſe rendre

HENRI.

Son Maître, quel langage! Eſt-il donc fait pour moi ?
Ne verra-t-on toujours qu'un Maître dans ſon Roi ?

Ce titre ambitieux, préfent de la fortune,
Sans l'amour des Français, m'afflige & m'importune,
Et Gabrielle fçait fi jamais, un moment,
Le Maître a prétendu faire oublier l'amant;
Mais, banniffez la feinte, avouez moi, Madame,
Quel eft l'ennui fecret qui peut troubler fon ame.

SOURDIS.

J'ai cru que mon devoir étoit de l'ignorer.
Sire, de vos bontés, c'eft trop nous honorer :
Pardonnez; croyez-en le zèle qui m'infpire ;
Ne la revoyez plus.

HENRI.

O ciel ! Qu'ofez-vous dire ?

SOURDIS.

Ce qu'on doit à fon Roi , Sire , la vérité.
Malgré vos feux, jamais mon cœur ne s'eft flatté,
Jamais je n'ai conçu l'orgueilleufe efpérance
De voir ma nièce affife au Trône de la France.
En vain pour mériter l'honneur de votre choix
Le fang dont nous fortons ne le cède qu'aux Rois,
L'intervalle eft trop grand du fujet à fon Maître.

HENRI.

Croyez que mon amour le fera difparaitre;
Oui vous verrez bientôt , & j'en fais le ferment,
Le bandeau de vos Rois fur un front fi charmant.

SOURDIS.

Quoi, Sire ! avant qu'ici la paix foit affermie...

HENRI.

Sulli vient fous mes loix de ranger la Neuftrie ;
Tout fléchit : déja même il revient dans ces lieux.

SOURDIS.

Lui ?

HENRI,

Grace au ciel, ce jour va l'offrir à mes yeux !
Eh quoi ? Vous frémiſſez.

SOURDIS.

Sulli vient-il encore ,
Par ſa haine … mais non ; votre amitié l'honore ,
Et Sourdis mieux que lui , fait s'impoſer la loi
De reſpeƈter au moins les penchans de ſon Roi.
Un plus long entretien affligeroit votre ame ;
Il faut vous l'épargner.

HENRI.

Expliquez-vous, Madame.

SOURDIS.

Ce ſeroit vous porter un coup trop douloureux ;
Non , ne l'exigez pas.

HENRI.

Pourſuivez ; je le veux.

SOURDIS.

Des amis de Sulli la cohorte infidèle
A la haine du peuple a livré Gabrielle :
Je pardonne aux complots qu'ils trament contre nous ;
Mais leur ambition me fait trembler pour vous :
Je n'y ſçaurois penſer ſans être épouvantée ;
Jugez à quel excès leur audace eſt montée.
Sur votre liberté , Sire , on oſe attenter ;
On inſulte à vos feux & ſans vous conſulter
Parmi vos ennemis on vous cherche une épouſe ;
On immole d'Eſtrée à leur haine jalouſe ;
Votre hymen eſt conclu.

B 3

HENRI.

Quoi, Madame ? Sans moi,
On ose difposer de mon cœur, de ma foi ?

SOURDIS.

Oui, Sire ; en ce moment l'orgueilleufe Florence
S'apprête à redonner une Reine à la France ;
Les flatteurs du Miniftre en répandent le bruit.

HENRI.

Et leur Prince eft le feul qui n'en foit pas inftruit !
Quoi ? J'aurois à rougir d'un fi fanglant outrage ?
Non fans doute, on infulte à des Rois fans courage
Qui dorment fur le Trône, & dont les lâches cœurs
Ont autant de tyrans qu'ils comptent de flatteurs.
Mais moi...

SOURDIS.

J'en ai trop dit. J'ai tout lieu de les craindre ;
Cachez-leur ce courroux.

HENRI.

Que je m'abaiffe à feindre ?
Ce que mon cœur éprouve, eft écrit fur mon front.
Senfible & généreux, mais violent & prompt,
Je leur ferai fentir le poids de ma colere ;
Je veux ... mais cependant que prétendoient-ils faire ?
A quel deffein les bruits qu'ils viennent de femer ?
Pourquoi ? Quel intérêt a pu les animer ?

SOURDIS.

Eh ! ne voyez vous pas leur déteftable adreffe ?
On veut qu'à cet hymen la France s'intéreffe.
On fait de Médicis un garant de la paix,
De d'Eftrée, un obftacle au bonheur des Français :
Ciel ! quel affront pour elle ! ah ! fi vous l'aviez vue,
Sire, le cœur frappé d'une atteinte imprévue,

A ce bruit, tout-à-coup répandu dans ces lieux,
A ce bruit qui vous rend si coupable à ses yeux,
De douleur accablée, & fremiſſant de crainte,
Sans oſer contre vous ſe permettre la plainte,
Formant ſur vos amours les plus tendres regrets,
Jurer de vous aimer encor plus que jamais.
Mille complots affreux redoubloient ſes allarmes ;
La haine triomphante inſultoit à ſes larmes,
Et l'auteur de ces bruits ſemés de toutes parts
Va de d'Eſtrée encor affliger les regards.
Ah ! Quand juſqu'à ma nièce un Roi daigna deſcendre ,
Des piéges de l'amour elle eut dû ſe défendre,
Elle eût dû mieux combattre un penchant dangereux :
Que ſon cœur moins ſenſible eût été plus heureux!

HENRI.

O ciel ! Et croyez-vous que je ſouffre moins qu'elle ?
Venez me voir , Madame, aux pieds de Gabrielle ;
J'ai cauſé tous ſes maux ; je cours les réparer.

SOURDIS.

Non , Sire , à vous revoir il faut la préparer :
Un moment, dans ces lieux ſi vous daignez l'attendre ,
Vous eſſuyerez les pleurs que Sully fait répandre.
(*Revenant ſur ſes pas.*)
Il va les redoubler encor par ſon retour :
Sire, m'en croirez-vous, qu'au moins de votre Cour ;
Pour un tems limité , l'un ou l'autre s'abſente.
Rien ne peut rapprocher le Miniſtre & l'Amante.
De coupables ſujets avec impunité ,
Ont du Trône à vos yeux bleſſé la majeſté,
Compromis Médicis & d'Eſtrée & la France ;
Vous devez un exemple à l'Etat, à Florence :

Je le dis à regret, mais enfin fi ces bruits
Ne font, à l'inftant même, avoués ou détruits,
Je connois des Ligueurs la haine & le faux zèle,
Je ne répondrois pas des jours de Gabrielle.
Faites voir que Sulli n'a point eu votre aveu :
Sûr du cœur de fon Maître, il s'allarmera peu ;
Et même en d'autres lieux plus qu'ici néceffaire...

H E N R I, à part.

Sulli, dont l'amitié me fut toujours fi chere,
Auroit pu....

S O U R D I S.

Mais fur-tout ne le revoyez pas :
Que, dès ce même jour, retournant fur fes pas,
Le défir de fervir fon Prince & fa patrie,
Même avant d'arriver, le rappelle en Neuftrie.

H E N R I.

De mes vrais intérêts repofez-vous fur moi.

S O U R D I S.

Mais Sire....

H E N R I.

C'eft affez ; je fuis amant & Roi,
Charmé de fes vertus j'adore Gabrielle ;
Mais depuis l'heureux jour où j'ai brûlé pour elle,
Vous favez fi l'amour a décidé jamais,
Et du choix d'un Miniftre & du fort des Français.

(Sourdis fe retire.)

SCENE IV.

HENRI, *feul.*

Sulli, n'as-tu donc plus cette franchife auftere,
Ce zèle qui jamais n'a craint de me déplaire?
Quoi! mon nom fert de voile aux plus noirs attentats!
Quoi! Sulli defcendroit à des détours fi bas!
Mais, que fai-je? Sourdis pour fa niece allarmée
Trop aifément, peut-être, en croit la Renommée,
Et déja mon efprit facile à foupçonner,
Sans le voir, fans l'entendre ofe le condamner!
Trop injufte en vers lui, combien ma défiance
A fouvent de nos cœurs banni l'intelligence !
Sourdis le craint fans doute, & cherche à l'écarter.
Cependant de Sulli qu'a-t-elle à redouter?
Quel fentiment confus dans mon cœur fe réveille?
Ce nom de Médicis qui frappe mon oreille,
Des ligueurs tout-à-coup devenu le fignal,
Rappelle à mon efprit un fouvenir fatal.
Avant que la fortune, en fecondant mes armes,
De d'Eftrée à mes yeux eût fait briller les charmes,
Sur de foibles aveux qu'il arracha de moi,
Sulli peut dans Florence avoir promis ma foi.
Mais depuis, fans mon ordre, a-t-il ofé conclure
Ces déteftables nœuds que tout mon cœur abjure.
Jufte ciel ! quand mon peuple à peine eft fous mes loix,
Conquis par mes bienfaits plus que par mes exploits,
Peut-il encourager une ligue ennemie ?
Veut-il rompre une paix encor mal affermie ?

C'en eft trop, & je dois à moi-même, à l'Etat,
Le jufte châtiment d'un fi grand attentat.
Mais pour anéantir un complot infidele
Hâtons-nous à leurs yeux d'époufer Gabrielle:
Ce parti factieux qui me croit indécis,
Qu'enchaîna l'efpérance au char des Médicis,
N'attend plus que mon choix pour abjurer fa haine,
Et briguer à l'envi la faveur d'une Reine.

SCENE V.

HENRI, GABRIELLE, AMÉLIE.

HENRI.

Ah ! Madame, accourez, diffipez votre effroi.
On a donc prétendu difpofer de ma foi ?
L'éclatant défaveu que ma bouche en va faire
Confondra devant vous, un fujet téméraire.
L'écrit le plus facré, gage de mon amour,
Va préparer nos nœuds avant la fin du jour.
Oui, je veux diffiper vos injuftes allarmes,
Et tarir pour jamais la fource de vos larmes;
Oui, mon cœur enflammé, plein d'un efpoir fi doux,
Vous jure encor de vivre & de mourir pour vous.
Combien je jouirai de la grandeur fuprême
Alors que fur le Trône élevant ce que j'aime,
Je vous verrai regner fur mon peuple & fur moi !...
Eft-il vrai que votre ame ait douté de ma foi ?

Avez-vous foupçonné votre amant d'artifice?

GABRIELLE.

Que ce difcours me fait hair mon injuftice :
C'en eft fait, je rougis de mes vaines frayeurs.

HENRI.

Et je vois vos beaux yeux encor baignés de pleurs!

GABRIELLE.

Après l'excès des maux où je viens d'être en proie,
J'ai peine à me livrer aux tranfports de la joie.
Vous voulez que l'hymen m'éleve jufqu'à vous :
Hélas! de tant d'éclat que loin d'être jaloux,
Le cœur de Gabrielle en ce moment regrette
Les bords chéris de l'Eure, & la douce retraite,
Où, fe livrant fans crainte à d'innocens plaifirs,
Il s'animoit au feu de vos premiers foupirs !
Tout, alors, de mon cœur entretenoit l'ivreffe,
Et tout me fait un crime ici de ma tendreffe.
Chaque jour vous voyez quels piéges dangereux,
Quels obftacles puiffans on oppofe à mes feux,
Qu'envain je combattrois, victime de l'envie,
Les poifons que fa bouche exhale fur ma vie,
Que le Peuple & les Grands , conjurés contre moi,
Ofent à mon amour redemander leur Roi ;
Vous les voyez vous-même, & condamnez mes larmes!

HENRI.

Ah! c'eft trop épargner l'auteur de vos allarmes.
Mon cœur eft indigné des complots de Sulli,

GABRIELLE.

Quoi ? Sire vous croyez....

HENRI.

Madame , on m'a trahi.

Quel que puiffe être ici l'intérêt qui l'anime,
Que mon Amante au moins n'en foit pas la victime.
Puniffons fon audace... Holà, Gardes, à moi.

(*Les Gardes paroiffent.*)

Que Silleri fe rende aux ordres de fon Roi.

(*Les Gardes fe retirent.*)

J'ai peine à modérer l'excès de ma colere :
Mon œil de ces complots percera le myftere.
Malheur à qui, s'armant de mes propres bienfaits,
Oferoit contre moi foulever mes fujets!
J'ai fait tout pour mon peuple, & que veut-on encore ?
Eh ! qu'importe à Sulli que mon cœur vous adore,
Si la France fleurit fous d'équitables loix :
On a trop avili la majefté des Rois ;
Il eft tems de donner un frein à la licence,
Et même à l'amitié qui brave ma puiffance :
Quiconque aura franchi les bornes du devoir,
Tremblera déformais fous un jufte pouvoir :
La feule impunité fut fomenter la ligue
Et la foibleffe regne où triomphe l'intrigue.

SCENE VI.

HENRI, GABRIELLE, SILLERY, AMÉLIE.

HENRI.

SILLERY, répondez; eſt-il vrai qu'en ces lieux
L'audace, accréditant des bruits injurieux,
Inſulte à mon amour, outrage Gabrielle,
Qu'enfin d'un autre hymen on ſeme la nouvelle?

SILLERY.

Alors que de Paris j'ai revu les remparts
Le nom de Médicis voloit de toutes parts;
De la paix, m'a-t-on dit, cet hymen eſt le gage;
On ajoute que Rome à ces nœuds vous engage;
On veut même......

HENRI.

Il ſuffit. De ces bruits impoſteurs
Que vos yeux vigilans recherchent les auteurs.
Ou j'anéantirai ces honteuſes cabales,
Ou je ſaurai venger ſur leurs brigues fatales
Le pouvoir des Valois ſi long-tems balancé:
Fuyez, vils intrigants, votre regne eſt paſſé;
Je veux ſauver la France & guérir ſes bleſſures.

SILLERY.

Mais la Cour va d'abord éclater en murmures.

HENRI.

Que m'importent les cris & le courroux des Grands,
C'eſt mon peuple que j'aime, & je hais ſes tyrans ;
Rompez tous leurs projets ; publiez que d'Eſtrée
Aux Autels va marcher de ſon Prince adorée :
Allez, & que Sulli prêt à revoir ces lieux,
S'en éloigne, ſur-tout, ſans paroître à mes yeux ;
Qu'il retourne en Neuſtrie.

GABRIELLE, *retenant Sillery.*

O Ciel ! qu'allez-vous faire !
Sire, n'écoutez point une aveugle colere.

HENRI.

Pouvez-vous m'arrêter, vous qu'il outrage, vous
Qui devez contre lui redoubler mon courroux ?

GABRIELLE.

Ah ! croyez Gabrielle incapable de nuire.
Si j'oſois profiter de l'amour que j'inſpire,
Si j'oſois faire entendre une timide voix
De l'abſent opprimé, je défendrois les droits,
Je voudrois que mon Prince...

HENRI.

O grandeur, ô courage!
Vas ; mon cœur enivré te chérit davantage.
Quoique ta volonté ſoit ma ſuprême loi,
Un ſentiment ſi noble & ſi digne de toi
Rend à mes yeux Sulli mille fois plus coupable.
Non, tu ne conçois pas le malheur qui m'accable ;

Sulli veut me réduire à perdre pour jamais,
Ou ce cœur que j'adore, ou le cœur des Français.
Tout mon peuple me trompe, ou Sulli n'eſt qu'un traître.
Je voulois des amis ; j'en méritois peut-être :
Peut-être le bonheur n'eſt pas fait pour les Rois.

GABRIELLE.

Cher Prince, je frémis du trouble où je vous vois.
Vous accuſez Sulli, vous doutez qu'il vous aime ;
Vos ſoupçons contre lui m'affligent pour moi-même ;
Mais, Sire, quel eſt-il tout ce peuple en courroux
Dont l'effrayante voix retentit juſqu'à vous ?
Les Grands, qui dans nos jours de trouble & de licence
Vous diſputoient le trône & déchiroient la France ;
Le Fanatique adroit, l'ambitieux Prélat,
Qui prêche la réforme & qui trahit l'Etat,
Et ces fils du néant, tous ces Traitans avides,
Qui dans la ſombre nuit dévorant les ſubſides,
Près de Sulli, cent fois, ont tout fait, tout tenté
Pour opprimer le peuple avec impunité ;
Voilà les ennemis qui terniſſent ſa gloire,
La foule qui vous parle. Ah ! Sire, oſez-vous croire
Qu'à travers les clameurs des courtiſans jaloux,
La foible voix du peuple arrive juſqu'à vous ?
Conſultez l'indigent & l'orphelin timide ;
Dans le fond de leurs cœurs la vérité réſide :
Cette voix qu'on étouffe, & qui gémit toujours,
On l'entend ſous le chaume & non pas dans les Cours.

HENRI.

Et du choix de mon cœur ce peuple encor s'étonne !
Quelle autre ſur la terre eſt plus digne du trône !
Quand pour les malheureux vous vous intéreſſez,
Que vous les rendez chers ! que vous m'attendriſſez !

Ah ! prêtez - leur toujours d'auſſi puiſſantes armes,
Et daignez me porter leurs ſoupirs & leurs larmes.
Que tes ſoins, ton amour, digne épouſe d'un Roi,
Soient toujours partagés entre mon peuple & moi.
Suivez mes pas; je veux, ma chere Gabrielle,
Des Miniſtres ſacrés interroger le zèle.

(*A Sillery.*)

Vous, l'organe des loix, ſur ces nœuds bienfaiteurs,
Prévenez les eſprits & préparez les cœurs ;
Mais que me veut Sourdis.

SCENE VII.

HENRI, GABRIELLE, SILLERY, SOURDIS.

SOURDIS.

SIRE, Sulli s'empreſſe
A venir-partager la publique allégreſſe.

HENRI.

Quoi déja dans Paris, Sulli, vous l'avez vû ?

SOURDIS.

Non loin de ce Palais mes yeux l'ont reconnu :
Il arrive, & ſon front, où rayonne la joie,
Eſt garant des ſuccès que le ciel vous envoie.

GABRIELLE.

Sera-t-il aujourd'hui trompé dans ſon eſpoir ?
Priverez-vous ſes yeux du bonheur de vous voir ?

Quand

Quand de ſes ennemis les cris ſe font entendre,
Au pied du trône au moins ne peut-il ſe défendre?
Son Juge voudra-t-il lui refuſer l'accès
De cet aſyle ouvert au dernier des ſujets?

SOURDIS, bas à Gabrielle.

Pour vous, pour ſon repos, il le devroit peut-être,
Mais vous l'avez voulu, Madame, il va paroître.

HENRI, après un moment de reflexion.

Je reverrai Sulli: dans ces premiers momens
Je veux donner un frein à mes reſſentimens;
Maître de mes tranſports je lirai dans ſon ame,
Je ſaurai quel obſtacle on oppoſe à ma flame:
La plainte & le reproche à ma bouche interdits,
Voyons s'il oſera de ſes projets hardis
Déployer ſous mes yeux l'audace criminelle;
Je ferai plus, je veux, par un récit fidèle
Balançant l'intérêt du peuple & de ſon Roi,
Solliciter ſon cœur à s'ouvrir devant moi.

   (A Sillery.)

Sur un ſi grand objet je prétends vous entendre,
Qu'avec vous en ces lieux Sulli vienne ſe rendre:
Du bonheur des François plus mon cœur eſt jaloux,
Plus je crois l'aſſurer par des liens ſi doux.

   On apprendra, Madame, à vous rendre juſtice,
Je verrai le ciel même à mes deſſeins propice
Et les François enfin par nous rendus heureux,
Ainſi qu'à vos vertus, applaudir à mes feux.

C

SCENE VIII.

SILLERY.

Ce retour de Sulli réveille mes allarmes.
Que Rome dife un mot, & la ligue eft en armes.
D'un hymen imprudent je vois tout le danger.
Secondons leur projet, mais fans nous engager.
Malheureufe d'Eftrée, ame tendre & timide,
De ton fort aujourd'hui la fortune décide;
C'eft à toi de franchir le plus terrible écueil,
Sa main t'affure un trône, ou te plonge au cercueil.]

Fin du fecond Acte.

ACTE III.

SCENE PREMIERE.

HENRI, SILLERY, *Troupe de Courtifans.*

SILLERY.

Aux Miniftres des loix ma voix s'eft fait entendre,
De leurs cœurs déformais vous pouvez tout attendre.

HENRI.

Tout fuccede à mes vœux ; les miniftres facrés
Qu'un cruel fanatifme a longtems égarés ,
Abjurant les complots d'une ligue ennemie ,
Offrent de confacrer la chaine qui me lie :
Tu fais mes fentimens ; d'accord avec mon cœur ,
Ma bouche de Calvin a rejetté l'erreur ,
Et j'ai craint d'attirer fur ce peuple que j'aime
De la religion le fanglant anathême.
Grace au ciel , je n'ai plus qu'à ranger fous mes loix
Les reftes d'un parti qui fit trembler Valois.
    Penfe-tu que Sulli tarde encore à paroître ?
Eft-ce lui que j'entends ? Je crois le reconnoître.
Oui, c'eft lui-même.

SCENE II.

HENRI , SILLERY , SULLI;
les Courtiſans s'aprochent pour voir la réception que le Roi va faire à Sulli.

SULLI , *ſe précipitant aux pieds du Roi , qui cherche à cacher ſon émotion.*

AH ! Sire ! ah ! quel moment pour moi !
J'embraſſe , dans Paris , les genoux de mon Roi.
O , qu'après avoir vu la diſcorde civile ,
A peine en vos États vous laiſſer un aſyle ,
J'aime à vous retrouver , au ſein de ce Palais ,
Paiſible ſur le trône , adoré des Français !
Qu'à cet heureux aſpect mon ame eſt attendrie !
Brancas vous a ſoumis ſon cœur & la Neuſtrie ;
La foule des Ligueurs à vos pieds abattus ,
Ne ſe rend qu'au vainqueur ; il cede à vos vertus ,
Sire.

HENRI.
Je ſens le prix d'un cœur ſi magnanime ;
On aime à déſarmer l'ennemi qu'on eſtime.
Je dois à votre zele un ſuccès ſi flatteur ,
Et la gloire publique ajoute à mon bonheur ,
Il tarde maintenant à mon impatience ,
De fixer avec vous les deſtins de la France.

(Les Courtiſans ſe retirent.)

SCENE III.

HENRI, SULLI, SILLERY.

HENRI.

Il faut vous dévoiler les fentimens fecrets
Que retrace à mon cœur l'afpeét de ce Palais ;
Ici le fort jaloux du bonheur de ma vie
Forgea les premiers traits dont m'accabla l'envie.
  C'eft ici qu'attiré dans un piege nouveau ,
De mon funefte hymen j'allumai le flambeau ,
Ce gage d'une paix à jamais malheureufe ,
Quand de Charles féduit la politique affreufe
Eut donné le fignal de tant d'affaffinats ,
Et du fang de fon peuple inondé fes États ,
Ivreffe fi barbare & trahifon fi noire
Que les fiecles futurs auront peine à la croire.
Reffouvenir cruel , jour de honte & d'horreur
Où j'engageai ma foi fans l'aveu de mon cœur !
Vous favez fi les cieux furent jamais propices
A cèt hymen , rompu fous de meilleurs aufpices.
  Que de fois , dans le cours de mes premiers fuccès ,
Attendri fur le fort des malheureux François ,
Comme eux de Médicis déplorable viétime ,
J'effayai fur moi-même un effort magnanime.
             (*Obfervant Sulli.*)
Je crus pouvoir dompter la légitime horreur
Que ce nom fi fatal infpiroit à mon cœur ,
Et pour former les nœuds d'une utile alliance,
Je tournai mes regards un moment vers Florence.

C 3

(*A Sulli.*)

Par vous dans ce projet vainement affermi ,
Plus j'y voulus penſer , & plus j'en ai fremi.
   Pour ſonder l'avenir , que votre œil enviſage
De nos malheurs paſſés l'épouvantable image.
On a vu Catherine au trône des Valois ,
Diviſant les François pour leur donner des loix ,
Dans les tems orageux de ſa longue tutelle ,
Préférer aux Bourbons des étrangers comme elle ,
De toutes ſes fureurs odieux inſtrumens
Et du trône avec eux ſaper les fondemens.
Rien n'a pu dans ſon cœur , ſuperbe , impénétrable,
Étancher des grandeurs la ſoif inſatiable ;
Sans elle les Lorrains , l'Eſpagne & le Clergé ,
Tyrans de mon pays , l'auroient-ils ſaccagé ?
   La mort qui m'épargnoit combattant pour le trône ,
De cent pieges peut-être aujourd'hui m'environne.
Songez que ſur l'Autel plus d'un Prêtre inhumain
Du dernier de vos Rois invoqua l'aſſaſſin.
La ſuperſtition dans ſes fauſſes maximes
Se fait une vertu des plus horribles crimes ;
J'attends tout de ſa haine : un ſentiment profond
Imprimé dans mon cœur le trouble , & me confond.
   Si pour trancher mes jours , la ſourde politique
Armoit d'un fer ſacré le bras du fanatique ;
Si je laiſſois un fils ſouverain au berceau ;
Si , ne pouvant porter un trop peſant fardeau ,
Sa mere abandonnoit , pour combler vos miſeres ,
Les rênes de l'État à des mains étrangeres.
   Vous voyez qu'un ſeul coup renverſant mes projets,
Dans un abîme affreux peut plonger mes ſujets.
De mon hymen encor ces mots ſeroient l'ouvrage.
Dieu puiſſant , écartez ce funeſte préſage !

Efclave de mon rang , ne puis-je m'engager
Sans chercher d'autres nœuds fous un ciel étranger.
Quoi ? de tant de beautés , ornement de la France ,
Le charme intéreffant , la vertu , la naiffance
Ne peuvent fans bleffer la majefté des Roix
Dignes de mon amour , l'être encor de mon choix ;
Le dernier des fujets à l'ombre de mon trône ,
Connoît au moins l'objet à qui fa main fe donne ;
Eft-il moins important de m'affurer d'un cœur
Dont peut dépendre un jour notre commun bonheur ?
Si le ciel me refufe un pareil avantage ,
Si rien ne peut changer un tyrannique ufage ,
L'intérêt de l'État eft ma fuprême loi ;
Je vous parlois en homme , & veux agir en Roi.

    Voyez vous-même enfin le parti qu'il faut prendre.
A de vains préjugés gardez-vous de vous rendre ;
Quelqu'illuftre que foit le fang des potentats ,
Songez que , fans fortir de mes propres États ,
Le fang des conquerans du Jourdain , du Bofphore ,
La foule des héros qui plus utile encore
A relevé mon trône & lui rend fa fplendeur ,
Auffi noble à mes yeux eft plus chere à mon cœur.

SULLI.

Ce fentiment honore & la France & fon maître ,
Et notre amour pour vous le méritoit peut-être.
Ah ! qu'il eft beau de voir le plus grand de nos Rois ,
Quand nos yeux font encor frappés de fes exploits ,
Se repofant fur nous de fon pouvoir fuprême ,
Renoncer pour fon peuple à fa liberté même !
Votre cœur incertain cherche la vérité ,
Sire , j'ai fon langage & fa févérité ;
Peut-être qu'aujourd'hui fa voix va vous furprendre ;
Mais des Rois tels que vous font dignes de l'entendre.

C 4

Pourquoi vous allarmant d'un objet inconnu,
Ouvrir fur l'avenir un œil trop prévenu ?
Si des nœuds cimentés à la Cour de Florence,
Vous font craindre à la fois pour vous & pour la France,
Sans un péril plus grand vous ne pouvez jamais
Élever jufqu'à vous le fang de vos fujets :
A leur ambition c'eft ouvrir la carriere,
Et c'eft les inviter à franchir la barriere
Que la hauteur du trône a mis entre eux & vous.
Les fleaux deftructeurs appefantis fur nous,
Tous ces jours malheureux de trouble & de carnage,
De Catherine même ont moins été l'ouvrage
Que le fruit du pouvoir ufurpé par les Grands,
Et votre hymen, fans doute, en feroit des tyrans.
    Si de vos fils un jour l'enfance couronnée
Aux mains d'une fujette étoit abandonnée,
Les parens de la Reine, ambitieux fujets,
Rameneroient bientôt ces Maires du Palais,
Dont l'infolent pouvoir & le front fans couronne
Infultoit au Monarque enchaîné fur le trône.
    Craignez-vous qu'un pouvoir incertain, paffager,
A ce fuperbe rang éleve un étranger ?
Bienfaiteur prévoiant de la race future,
Commandez à nos loix & nos loix vont l'exclure.
Mais tremblez pour vos nœuds en fongeant à quel prix
On vous offrit le trône, ou plutôt fes débris.
L'himen refpecte ici l'orgueil du diadême ;
Un ufage eft fouvent plus fort que la loi même.
Pourquoi fervir des grands les projets concertés ?
Vous les avez vainqus ; les avez-vous domptés ?
Regardez-les encor au fond de leurs provinces
Étalant tout l'orgueil, tout le fafte des Princes ;

De leur rapacité les agens forcenés
Sont autant de vautours fur le peuple acharnés.
   Campagnes de la France autrefois fi fertiles,
Que font-ils devenus vos innocens afyles ?
Cent tyrans impunis, monftres affamés d'or,
Des mains du malheureux vont arracher encor
Ce fruit de fes travaux, objet de tant d'allarmes,
Un pain pétri de fiel & trempé dans fes larmes.
Sire, mes yeux ont vu ce fpectacle d'horreur.
Les malheurs de la France ont fait faigner mon cœur;
Et ce que tous nos Rois n'ont encore ofé faire,
Tranquilles poffeffeurs d'un trône héréditaire,
Au rang de vos ayeux vous qui n'êtes monté
Qu'à force de conftance & d'intrepidité,
Voyant pour allumer une guerre nouvelle,
Que peut-être il fuffit d'une feule étincelle,
Efclave de l'amour, le meilleur de nos Rois,
Couronnant fa fujette, infulteroit aux loix.
Vous nous facrifiriez; non, je ne le puis croire,
Vous aimez trop l'État, vous aimez trop la gloire
Pour replonger la France en un gouffre de maux.
Roi, veut-on effacer ce qu'a fait le héros ?

SILLERY.

Je ne partage point vos injuftes allarmes,
Mon Prince a répandu la terreur de fes armes :
Sa valeur, fes vertus, notre amour, fes bienfaits,
Sont les garants facrés de la plus ferme paix,
Dut-il en ce moment couronner fa fujette;
Mais je vois dans les nœuds d'un hymen qu'il rejette
Tous les fléaux par vous à nos yeux retracés.
   Faut-il vous rapeller nos défaftres paffés ?

Toujours au fang des Rois les Régentes fatales
Ont déchiré l'Etat par des haines rivalles ;
Et tandis que du Trône on exclut fans retour
Un fexe à qui la France aura donné le jour,
La loi qui lui ravit un fceptre héréditaire
Le laiffera tomber aux mains d'une Etrangere,
Et nous ne recuillons pour tout fruit de ces nœuds,
Qu'un allié peu fûr & fouvent dangereux.
   Deux fois d'un joug prochain la France menacée
Vit du Trône ébranlé la fplendeur éclipfée,
Et nos Reines, deux fois, fource de nos malheurs,
Ont inondé le Trône & de fang & de pleurs.
Quand du farouche Anglois Paris fut la conquête,
Quelle mere barbare excita la tempête ?
Croit-on que préférant les Léopards aux Lis,
Jamais une Françoife eût détrôné fon fils ?
Eut-elle aux mains d'un Guife abandonné la France ?
De nos Rois avec eux la fatale alliance
Les approchant du trône où tendoit leur orgueil,
Sire, eût été fans vous notre dernier écueil.

S U L L I.

'Arrêtez & fongez qu'il n'eft plus tems de feindre.
De Rome & de Madrid n'avons-nous rien à craindre ?
Placer une fujette au trône de nos Rois,
C'eft faire un double outrage à la Sœur des Valois ;
C'eft ranimer les feux de la Ligue expirante :
Son fanatifme affreux me glace d'épouvante.
Ah ! Sire ! il eft des cœurs abreuvés de fon fiel,
Et vos preffentimens font un avis du ciel.

S I L L E R Y.

Pourquoi nous arrêter fur cette affreufe image ?
Je conçois pour mon Prince un plus heureux prefage.
Il eft libre, il s'unit au fang de fes fujets ;

C'eſt un titre de plus à l'amour des François.
Vous voyez que tout tremble au ſeul bruit de ſes armes,
Que l'Epagne eſt en proie aux plus vives allarmes,
Que l'Europe l'attend pour changer ſes deſtins.
Qu'il pourſuive le cours de ſes vaſtes deſſeins ;
La France va reprendre une ſplendeur nouvelle,
Il deviendra des Rois le plus parfait modele.
Nos neveux attendris le béniront un jour
Et bienfaiteur du monde il en ſera l'Amour.

H E N R I.

'A vos vœux comme aux miens faſſe le ciel proprice
Qu'un préſage ſi beau tout entier s'accompliſſe.
Mon eſprit attentif, incertain dans ſon choix ,
De vos avis divers a balancé le poids.
   Sulli de mes ſujets rejette l'alliance ;
Il croit que cet hymen énervant ma puiſſance,
A mes ſujets, à moi, donneroit cent tyrans.
   Sillery qui prévoit des maux encor plus grands
Dans un contraire hymen cherchant leur origine,
M'offre deux fois l'Etat penchant vers ſa ruine.
A des faits ſi conſtans que peut-on oppoſer ?
Mais peut-être qu'auſſi je cherche à m'abuſer.
   Il en eſt tems encor ; parlez, je vous écoute...
Sulli... votre ſilence eſt un aveu ſans doute.

S U L L I, *à part.*

Que ne puis-je parler !

H E N R I.

               Quel bonheur eſt le mien !
O mon peuple ! ô François, par un nouveau lien
Je m'unis donc à vous ! dans l'excès de ma joie
Il faut que tout mon cœur à vos yeux ſe déploie,
Vous ignorez encor quel ſéduiſant eſpoir
M'a fait ſentir le prix du ſouverain pouvoir ;

Vous rendre heureux, fans doute eft un bien qui m'enflame ;.
Mais un projet plus vafte eft entré dans mon ame,
Projet le plus hardi conçu par un mortel.
    L'Efpagne ofe affecter l'Empire univerfel:
Enrichi des tréfors d'un nouvel hémifphere,
Charles-Quint fous fes pas a fait trembler la terre,
Sa gloire même encore impofe à l'Univers.
Du monde épouvanté je veux brifer les fers;
Je prétends enchaîner dans une paix profonde
Du fuperbe Efpagnol la fureur vagabonde,
Aux peuples opprimés rendre enfin tous leurs droits,
Et traçant avec eux d'irrévocables loix,
Par un nœud fi facré lier l'Europe entiere
Qu'il ferve aux conquérans d'éternelle barriere.
Quel honneur pour ton Prince & pour le nom Français,
Le bonheur de l'Europe eft un de mes bienfaits.
    Sulli, loin de ces lieux la gloire vous appelle:
D'Aumont, vaillant guerrier & citoyen fidèle,
Plein de jours&de gloire eft mort aux champs d'honneur,
Et fier de fon trépas l'ambitieux Mercœur,
Oppofant aux Bretons l'adreffe & le courage,
Appefantit fur eux le joug de l'efclavage;
Du bruit de vos exploits étonnant fa fierté,
Rappellez au devoir ce fujet révolté.
Allez; & quel que foit le choix que je veux faire,
Songez qu'il me rendra la France encor plus chere.

S U L L I, à part.

De mes confeils encor effayons le pouvoir
Dans Gabrielle au moins il me refte un efpoir.

H E N R I, à Sillery.

Allez de fon départ informer Gabrielle,
De mon hymen prochain portez lui la nouvelle.

SCENE IV.

HENRI, SULLI.

SULLI.

Quelque ennemi puiffant de ma faveur jaloux,
Sire , depuis longtems veut m'éloigner de vous :
Vous balanciez ; enfin vous venez d'y foufcrire.
Votre cœur m'eft fermé ; je ne veux point y lire
Des fecrets que mon Roi prend foin de me cacher ;
Je pourrois les entendre & non les arracher.
Ah Sire, à vos bontés mon ame accoutumée
De cent complots obfcurs ne peut être allarmée ,
Mes plus fiers ennemis ne m'épouvantent pas ,
Tant que votre œil lui-même éclairera mes pas ;
Mais abfent de ces lieux , trifte objet de l'envie...

HENRI.

Eh bien que craignez-vous ?

SULLI.

Je crains la calomnie.
J'ignore quels forfaits ils ofent m'imputer ;
Je fens trop que mon zèle a dû les irriter.

HENRI.

Le zèle d'un fujet a des bornes prefcrites.

SULLI.

Mais quand un Roi lui-même en étend les limites.
J'ai vû fouvent mon Prince , incertain dans fes vœux,
Autorifer mon zèle à combattre fes feux ;

Il fentoit quel empire a fur lui ce qu'il aime ;
Ainfi que pour fon peuple il trembloit pour lui-même.
(*Henri lui lance un regard fier.*)
Vous eûtes avec moi ces doux épanchemens
D'une ame qui combat fes premiers mouvemens,
Quand n'ofant approuver fa naiffante tendreffe,
On peut fe faire encor l'aveu de fa foibleffe.

HENRI.

Vous donnoient-ils le droit de régler mon deftin,
Et d'ofer prévenir mon ordre fouverain ?

SULLI.

Non, Sire.

HENRI.

Cependant on intrigue à Florence.
D'un chimérique hymen le bruit éclate en France,
Et la Ligue nouvelle agit fous votre nom.

SULLI.

Ciel ! à la calomnie on joint la trahifon !
Quoi ! j'aurois pû me rendre envers vous fi coupable.
Vous connoiffez mon cœur ? l'en croyez-vous capable ,
Sire , que ce foupçon eft affligeant pour moi !
Aux Confeils, aux Combats, quand j'ai fervi mon Roi,
Ma franchife jamais s'eft-elle démentie ?
N'en croyez que vous-même , & confultéz ma vie.
Sulli peut s'égarer, mais il eft fans détours ;
De tous mes ennemis quelques foient les difcours ,
Il n'eft point un fujet plus foumis , plus fidèle ;
Heureux de vous prouver mon amour & mon zèle ,
Et plus heureux encor fi mon trouble fecret
N'avoit , en vous quittant , que moi feul pour objet ,

Si pour vous même enfin je n'avois rien à craindre.

HENRI.

Expliquons-nous, Sulli, ceffons de nous contraindre :
Parlez.

SULLI, *pénétré de douleur.*

De vos bontés le fouvenir flateur,
Sire, vivra toujours dans le fond de mon cœur ;
Sur mon éloignement je n'ai rien à vous dire :
Vos ordres font facrés ; c'eft à moi d'y foufcrire,
Il fuffit ; mon départ va les fuivre de près.

HENRI.

Arrête,& cache-moi ton trouble & tes regrêts :
Sûr de mon amitié, cruel, que peux-tu craindre ?
Eft-ce bien avec toi que ton Roi pourroit feindre ?
Moi te fermer mon cœur, ô ciel! moi t'oublier ;
A de lâches flateurs, moi te facrifier ?
Et vous l'avez penfé, barbare que vous êtes ;
Mais je n'ofe ajouter à tes peines fecretes :
L'excès de ta douleur vient de me pénétrer ;
Ami, rien ne pourra jamais nous féparer.

SULLI.

Jufte ciel! ô mon Prince, ô l'ami le plus tendre!
Que dis-je? pardonnez.

HENRI.

      Eh ! pourquoi t'en défendre ?
Vas ce nom fait ma gloire ; heureux, heureux le Roi
Qui mérite & qui trouve un ami tel que toi.
Tu ne foupçonnes pas toute mon injuftice ;
A tes féveres yeux il faut que j'en rougifle.
Contre toi de nouveau mon efprit irrité
Crut te voir attenter à mon autorité.

Un peuple d'ennemis pour te nuire & me plaire,
Prenoit le soin cruel d'attiser ma colere.
Crois-tu que je voulois ici même, en ce jour,
Jouet de leurs complots éloigner ton retour ?
La seule Gabrielle, embrassant ta défense,
A fait évanouir ma vaine défiance.
Ah, du moins ! si toi-même, alors, avois pu voir,
En ta faveur, ami, son ame s'émouvoir,
Et comme à tes vertus elle rendoit justice,
Comme aux infortunés sa voix étoit propice,
Combien de pleurs couloient de ses yeux attendris !

SULLI.

Je la connois trop bien pour en être surpris.
Si, malgré l'appareil de la grandeur suprême,
On vit jamais un Prince être aimé pour lui-même,
C'est mon Roi, c'est l'ami, le Héros des François,
Et dans l'amour enfin qu'ont pour lui ses sujets,
Je ne connois que moi qui l'emporte sur elle,
Je devois cet hommage au cœur de Gabrielle :
Sur ma reconnoissance elle a de justes droits.

HENRI.

O ciel ! ainsi toi-même applaudis à mon choix !
Tu viens de redoubler l'ivresse de mon ame.
Cher Sulli ! connois donc un projet de ma flame :
Je vais, en assurant son repos & le mien,
Par des nœuds éternels lier mon sort au sien ;
Sous les loix de l'Hymen ton Prince se rengage :
Cet écrit, de ma foi tendre & précieux gage,
Associant d'Estrée à mon Thrône, à mon cœur,
Est le contrat sacré, garant de mon bonheur.

(*Il lui remet un écrit.*)

A cent troubles secrets mon amour fut en proie,
Tu les as dissipés, je l'avoue avec joie.   Je

Je fens que je te dois ce charme confolant,
De m'applaudir encor d'un feu fi violent.
Ce n'eft pas la beauté que j'idolâtre en elle.
Quelle ame fut jamais plus fenfible & plus belle?
Quand le ciel jufqu'au Trône élève fes deftins,
Ami, que de bienfaits répandus par fes mains,
De tous les malheureux faifant tarir les larmes
Vont immortalifer fes vertus & fes charmes!
Quelmoment pourmoncœur,quelbonheurpourtonRoi!
L'amour & l'amitié vont régner avec moi;
Mais pourquoi cet œil fixe & ce morne filence?

SULLI.

Cet écrit...

HENRI.

Que dis-tu?

SULLI.

De mon obéiffance,

Sire, qu'exigez-vous?

HENRI.

Que tu m'ouvres ton cœur.

SULLI, à part.

Si j'ofois dévoiler...

HENRI.

Quel excès de froideur!
Un difcours trop hardi, quand ma Cour nous éclaire,
Pourroit contre toi-même exciter ma colere:
Mais ne crains point ici de bleffer ma fierté;
Nous fommes feuls, agis, parle avec liberté.
De mes fujets, ami, tu prends peut-être ombrage;
Tu verras de ces nœuds un jour tout l'avantage.

D

SULLI.

De ces nœuds, croyez-moi, Rome va s'irriter ;
Je fais que fon courroux eft tout prêt d'éclater.

HENRI.

Tu t'abufes.

SULLI.

Sachez que d'affreux parricides...

HENRI.

Eh bien ! Si je péris des mains de ces perfides...

SULLI. (*regardant l'écrit.*)

Vous, périr ! Vous, mon Roi ! Qu'entends-je... non jamais.
Que deviendroient, hélas, vos malheureux fujets !

Oubliez cet écrit, garant d'une alliance
Qui compromet vos jours, votre honneur & la France.

(*En déchirant l'écrit.*)

HENRI.

Téméraire, infenfé ! Qu'as-tu fait ?

SULLI.

Mon devoir.

HENRI.

Quelle audace, grand Dieu ! puis-je la concevoir ?
La France de mon choix attend fa Souveraine,
Votre Maître vous parle & vous donne une Reine :
Vous la reconnoitrez, fujet trop orgueilleux ;
Devant elle à l'inftant fléchiffez, je le veux ;
Rendez-lui le premier votre hommage & vous-même,
Portez à mes fujets ma volonté fuprême.

Fin du troifieme Acte.

ACTE IV.

SCENE PREMIERE.

GABRIELLE, SOURDIS, AMÉLIE.

GABRIELLE.

Non, je n'écoute plus vos funestes discours,
Ces reproches, ces cris qui m'affliégent toujours;
Vos soupçons outrageans, votre haine implacable
Vous rendent trop injuste, & moi trop misérable.

SOURDIS.

Vous le voyez pourtant, Henri ne revient pas,
Et plus puissant que vous Sulli retient ses pas.

GABRIELLE.

Si Sulli veut du Trône écarter Gabrielle,
J'ai le cœur assez grand pour estimer son zèle;
Et fut-il à l'instant tout prêt à m'accabler,
L'excès de mon amour ne sauroit m'aveugler.

D ij

Mon ame trop heureufe à la tienne enchaînée,
Cher Prince, ne defire...

SOURDIS.

               Amante infortunée!
Voilà donc votre espoir. Un cœur fi généreux
N'a jamais foupçonné les complots ténébreux,
Ces intrigues des Cours, & l'horrible fcience
D'égorger fourdement la crédule innocence.
Ou victime d'Etat, ou femme de Henri,
Le Trône déformais eft votre unique abri;
Car enfin, contre vous, puifqu'il faut le redire,
Si la Ligue, Sulli, Médicis, tout confpire?

GABRIELLE.

Médicis. Ah! ce nom, fi fatal à mon Roi,
Porte dans tous mes fens un invincible effroi.
Mon cœur n'eft point jaloux, fûr du héros que j'aime;
A mes yeux cependant je ne fuis plus la même.
Pourquoi ne vient-il point? Quoi jufqu'à Sillery,
Tout m'abandonne donc?

AMELIE.

               Madame, le voici,

S C E N E   I I.

GABRIELLE, SOURDIS, SILLERY, AMELIE.

S I L L E R Y.

A la plus vive joie ouvrez enfin votre ame ;
Votre hymen eft conclu ; vous triomphez, Madame ;
Le Trône vous attend, digne prix de vos feux.

S O U R D I S.

Que cet hymen tardoit à mes rapides vœux !

S I L L E R Y.

Pour comble de bonheur, devenus plus propices,
Les cieux vous uniront fous les meilleurs aufpices :
Un bruit court que l'Efpagne, après de longs délais,
Nous préfente à Vervins l'olive de la paix.

S O U R D I S.

Er Sulli s'eft rendu !

S I L L E R Y.

   Si j'en crois fon filence,
Mes difcours ont vaincu fa longue réfiftance.

(*A Gabrielle.*)

Prête à voir leurs autels confacrer vos liens,
Vous aurez pour témoins d'autres yeux que les fiens.
Chez les Bretons altiers la Ligue vit encore,
Du foin d'en triompher le Monarque l'honore ;

D ii

Avant la fin du jour Sulli quitte ces lieux,
Et le Roi déja même a reçu fes adieux.

SOURDIS, *avec tranfport.*

Et ce départ, Madame, eft mon heureux ouvrage;
Et l'amour va vous rendre un éclatant hommage,
Il vous éleve au Trône où vos fiers ennemis
Viendront vous contempler avec un front foumis;
Non que le rang augufte où vous allez paraître,
Imprime la terreur; non : fans l'amour du maître
J'envierois peu ce Trône où j'afpire à vous voir.
Il ajoute aux refpects & non pas au pouvoir;
Mais mon adreffe écarte & réduit au filence
Un Miniftre orgueilleux fous qui trembloit la France,
Qui fut affez puiffant pour balancer l'amour,
Et qui bravant fon maître a partagé fa Cour.
Il part & vous régnez. Quelle douce victoire !
En fentez-vous le prix; concevez-vous la gloire
De pouvoir à fon gré difpenfer la faveur,
D'éblouir tous les yeux de fa feule fplendeur ?
Et quel plaifir pour vous quand ces femme hautaines
De leurs faibles attraits, de leurs titres fi vaines,
Verront leurs époux même abaiffant leur orgueil,
S'honorer à vos pieds d'un mot, ou d'un coup-d'œil ?
Sourdis vous en donna la flatteufe efpérance.

(*A Sillery.*)

Volons vers fon amant, & que notre préfence
Hâte encor, s'il fe peut, un moment fi flatteur.

SCENE III.

GABRIELLE, *seule.*

Que tous ces sentimens étrangers à mon cœur,
Dans sa bouche, grand Dieu ! m'affligent, m'humilient !
O mon Prince, ô mon Roi ! si les nœuds qui nous lient
Des voiles du mystere avoient été couverts,
Que ces nœuds ignorés m'auroient été plus chers !
C'en est donc fait, l'hymen surpassant mon attente,
Au faîte des grandeurs éleve ton amante ;
Et moi, j'éprouverois dans mes vœux égarés,
Des transports que l'amour n'auroit pas inspirés ;
Et ce rang, ces honneurs, gages de ta tendresse,
Seroient l'indigne objet de mon ingrate ivresse ?
Non, tu ne me crois pas un cœur ambitieux;
Le Trône, l'Univers, que sont-ils à mes yeux ?
Je n'aime que pour toi ce jour que je respire:
Ton cœur est tout mon bien, ma gloire, mon empire,
Heureuse, si je puis sous tes paisibles loix,
A force de vertus justifier ton choix !

SCENE IV.

GABRIELLE, HENRI.

(Suite du Roi qui reste dans l'enfoncement.)

HENRI.

Oui, vous pouvez me suivre. Une chaîne sacrée,
Chers amis, pour jamais va m'unir à d'Estrée.

(A Gabrielle.

De notre hymen enfin, le bruit vient d'éclater.
Je lés voyois ardens à m'en féliciter ;
Témoin de leurs transports, garant de leurs suffrages,
J'apporte à vos genoux leurs vœux & leurs hommages,
Et je m'enorgueillis de cet encens flatteur
Que donne à vos vertus un peuple adorateur.

GABRIELLE.

Quoi, Sire ?..

HENRI.

Je t'entends : pardonne, Gabrielle,
Mais laisse-moi jouir de ta grandeur nouvelle.
Reçois pour satisfaire à mon cœur enchanté,
Ce tribut unanime & si bien mérité.

*(Tandis que Gabrielle va recevoir les complimens sur son
mariage, Henri fait signe au Duc de Biron.)*

J'offre un nouveau laurier à vos mains triomphantes,
Mon cher Biron ; tandis que des fêtes brillantes
A l'amour, aux plaisirs vont consacrer ce jour,
De la nuit en secret prévenant le retour,

Précipitéz vos pas, suivi de Lesdiguieres,
Et de la Picardie assurez les frontieres.
L'ambitieux Philippe a demandé la paix;
Je fais ceder ma haine au bien de mes sujets.
S'il osoit me tromper, courez venger la France
Du Colosse orgueilleux dont la vaste puissance
A cru donner des fers à nos bras indomptés.
Nos ennemis ont pû, par nous-mêmes excités,
Porter dans nos foyers la terreur & la guerre;
Mais les Français unis ont fait trembler la terre.

(*A Gabrielle.*)

Vous m'avez entendu, je passe tour-à-tour
Des fatigues du Trône aux soins de mon amour.
Avant de nous lier d'une chaîne si belle,
La paix qui m'est offerte au Conseil me rappelle;
Je veux rétablir l'ordre & la tranquillité,
Ce bien que mes sujets ont rarement goûté:
L'école du malheur instruisit ma jeunesse.
J'ai connu, j'ai senti la main qui les oppresse,
Et quoiqu'aimé de vous, je ne puis être heureux
Qu'en soulageant des maux que j'éprouvai comme eux.
Peuples, qui gémissez sous le poids des subsides,
Je cours vous arracher à vos tyrans avides;
Et je veux que Sulli, votre digne vengeur,
Des trésors de l'Etat soit le dispensateur.
Peut-être a-t-il franchi, prompt à me contredire,
Les bornes qu'un sujet auroit dû se prescrire;
Mais sa probité ferme a paru devant moi:
Le protecteur du peuple est l'ami de son Roi.

SCENE V.

GABRIELLE, AMELIE.

AMELIE.

Chargé d'ordres preſſans, Sulli, ſombre, inquiet,
Vous demande, Madame, un entretien ſecret.

GABRIELLE.

Sulli, que me veut-il ?

AMELIE.

Près de ſa Souveraine
Il cherche à ménager ſa faveur incertaine.
Sans doute de la Cour il s'éloigne aujourd'hui,
Et ces ordres preſſans ne regardent que lui.

GABRIELLE.

Qu'il entre.

SCENE VI.

GABRIELLE, ſeule.

Dans les biens qu'enfin le ciel m'envoie,
Je ne ſais quel chagrin vient corrompre ma joie;
Sans amertume, hélas ! jamais, jamais mon cœur
N'a pû jouir encor d'un moment de bonheur.

SCENE VII.

GABRIELLE, SULLI.

SULLI.

Un hymen glorieux au Trône vous appelle;
La France va tomber aux pieds de Gabrielle;
Du Roi que vous aimez, l'honneur & les deftins,
Le fort du monde entier, peut-être, eft dans vos mains.
De ce haut rang, Madame, une autre enorgueillie,
Par l'éclat des grandeurs tout-à-coup éblouie,
Suivant de fes projets l'effor ambitieux,
Sur l'intérêt du peuple auroit fermé les yeux;
Mais vous.

GABRIELLE.

Eh bien, Sulli !

SULLI.

Quand votre hymen s'apprête,
Madame, fe peut-il que rien ne vous arrête?

GABRIELLE.

Cet hymen à mon Roi peut-il être fatal?

SULLI.

De la rebellion s'il étoit le fignal!
Si la fœur des Valois, cette premiere époufe,
De vos feux mutuels, de vos charmes jaloufe,
Se plaignoit, menaçoit, reclamoit aujourd'hui
Des droits que fon époux lui laiffe encor fur lui.

GABRIELLE.

Des droits il n'en eft plus; le Pontife fuprême,
A rompu leur hymen, a levé l'anathême,

Et le ciel qui l'abfout ne défend point au Roi
D'offrir un pur hommage, & d'engager fa foi.

SULLI.

Si Rome en exceptoit la feule Gabrielle.

GABRIELLE.

Moi, Sulli ?

SULLI.

Je vous porte une atteinte cruelle ;
Mais mon devoir le veut. On reçoit, à l'inftant,
Du Pontife Romain ce décret menaçant.

(*Lui préfentant le Dècret qu'elle prend.*)
Je remplis à regret ce trifte miniftère.

GABRIELLE.

Comment ai-je pu feule attirer fa colere ;
Grand Dieu ! qu'ai-je donc fait ?

SULLI.

Puifqu'il faut dévoiler
Un fecret qui me pefe & qui me fait trembler ;
Cette Sœur des Valois, en fa haine obftinée,
N'a rompu qu'à ce prix fon funefte hymenée,
Et Rome dont vos feux allumoient le courroux,
Ordonne qu'à jamais Henri renonce à vous.
Craignez Rome, fur-tout ; fes invifibles armes,
Du fein du Vatican répandant les allarmes,
Vont de la guerre encore agiter les flambeaux,
Les lancer fur la France, & rouvrir nos tombeaux.
Voyez les Florentins, les Germains, les Iberes,
Leur préfenter l'appui de leurs bras fanguinaires ;
A ce nombre infini d'ennemis menaçans,
Contre vous réunis, devenus fi puiffans,
Ajoutez les complots, les haines politiques
Des Courtifans jaloux, des Ligueurs fanatiques,

Qui dans les prompts éclats de leurs foulevemens ,
Renverferont l'État jufqu'en fes fondemens.

GABRIELLE.

Vous me faites fremir : ô ciel ! puis-je le croire ,
Que bravant fa puiffance , envieux de fa gloire....

SULLI.

Ah ! n'imaginez pas que par un zele outré ,
A de vaines frayeurs mon cœur fe foit livré ;
Henri doit tout prévoir , tout craindre de leur haine :
Aujourd'hui même encore on a chargé de chaînes
Un obfcur fanatique , un enfant malheureux ,
Que l'école abreuvoit de fon poifon affreux.
Vous m'entendez , Madame.

GABRIELLE.

(Elle fe laiffe tomber dans le fauteuil.)
                              O crime épouvantable.
Le monftre... Je fuccombe à l'horreur qui m'accable.
Vous croyez que nos feux....

SULLI.

                         Si vous aimez le Roi ,
De Rome qui peut tout , il faut fubir la loi.
Des traits de fon courroux qui pourroit vous défendre ?
La Ligue va foudain renaître de fa cendre ,
La guerre en tous les lieux s'allume avec fureur ,
Vous devenez l'objet de la publique horreur ;
Et pour comble de maux , fi l'ennemi perfide ,
Dans un cœur adoré , plonge un fer homicide ?

GABRIELLE.

O Ciel.

SULLI.

Vous pâliffez , vos yeux verfent des pleurs ;
Ah ! vous partagez donc mes craintes , mes douleurs.

Eh bien, au nom facré du Héros qui vous aime,
Du peuple qui l'adore, & de votre amour même,
Rejettez fon hymen & rendez-lui fa foi ;
Vous fauverez enfemble & la France & fon Roi :
Que de fa mort au moins la crainte vous fléchiffe ;
Pour vous encourager à ce grand facrifice
Faut-il enfin, faut-il embraffer vos genoux,
Vous m'y voyez, Madame.

GABRIELLE.

Ah ! Sulli, levez-vous.

Dieu !

SULLI.

Non, fi votre cœur fe ferme à mes allarmes,
Si votre amour fe borne à de ftériles larmes ;
Non, je ne furvis point à l'horreur de mon fort,
Et je refte à vos pieds pour attendre la mort.

GABRIELLE.

'Ah ! vous défefperez la trifte Gabrielle.

SULLI.

J'ofe lui demander un effort digne d'elle.
Pour rompre votre hymen, & pour tout réparer,
Madame, il faut le fuir, il faut vous féparer.

GABRIELLE.

Qui ! nous, que dites-vous ? O ciel ! qu'on nous fépare ?
Vous croyez me réfoudre à cet effort barbare ?
Je pourrois.... Ah ! plutôt arrachez-moi ce cœur
Que vous affaffinez, que vous glacez d'horreur.
Nous féparer, cruel ! vous voulez m'interdire
La douceur de le voir, l'air même qu'il refpire.
Henri ! Je pourrois vivre & ceffer d'être à toi !
Hélas ! Faut-il trembler pour les jours de mon Roi !

Sulli, ne craignez point ce fatal hymenée :
J'aurai bientôt fini ma trifte deftinée ;
Oui, bientôt....

SULLI.

Ah ! Madame, après un tel effort,
Amante d'un héros, fachez vaincre le fort ;
Remportez fur vous-même une entiere victoire,
Et que votre courage égale votre gloire.

GABRIELLE.

Hélas ! en quel moment vous déchirez mon cœur ?
C'eft lorfque je venois, pleine de mon bonheur,
Rendre grace à ce Prince, à qui j'étois fi chere,
De tout ce que pour moi fon amour vouloit faire ;
C'eft lorfque je croyois toucher au jour heureux
Où j'allois voir le ciel autorifer mes feux.

SULLI.

Je ne puis condamner une douleur fi tendre :
Ne cachez point les pleurs qu'elle vous fait répandre,
Et croyez que Sulli, non moins, touché que vous,
Admire vos vertus dignes d'un fort plus doux ;
Mais je verrai du moins une gloire immortelle,
Aux yeux du monde entier, couronner Gabrielle ;
Au moins dans vos malheurs un triomphe fi beau
De la guerre civile éteignant le flambeau,
Vous donne fur les cœurs un fouverain empire.
Ah ! qu'il eft confolant, qu'il eft doux de fe dire,
J'ai voulu que mon Roi, le héros des François,
Quinze ans perfécuté par fes propres fujets,
Put gouverner enfin fous de meilleurs aufpices,
Et du monde avec lui je deviens les délices.

GABRIELLE.

Eh bien, aller trouver....

SCENE VIII.

GABRIELLE, SULLI, AMELIE.

AMELIE.

Pour vos nœuds solemnels
On presse en ce moment la pompe des Autels.
Si Rome a fait parler un secret émissaire,
Armé contre vos feux d'un décret trop severe,
Madame, rassurez votre cœur éperdu ,
Aux discours de Sourdis enfin il s'est rendu ;
Et ce décret fatal, dicté par la vengeance,
Doit être enseveli dans un profond silence.
(*A Sulli.*)
Sourdis, qu'un soin nouveau retient auprès du Roi,
Demande, à l'instant même, à vous parler.

SULLI.

A moi?

AMELIE.

Oui, Seigneur.

SULLI.

Je vous suis.

AMELIE.

Mais je dois vous attendre.

GABRIELLE.

C'est assez ; laissez-nous.

SCENE

SCENE IX.

GABRIELLE, SULLI.

SULLI.

Vous venez de l'entendre,
On peut vous feconder en nous trahiffant tous ;
Mais ce détour eft vil , il n'eft pas fait pour vous.

GABRIELLE.

Vous me rendez juftice , & c'eft à moi fans doute
D'égaler vos vertus , quelqu'effort qu'il m'en coute.

SULLI.

Vous les furpafferez en comblant mon efpoir,
Il eft pour vous encor un plus cruel devoir.

GABRIELLE.

Eh quoi ? fuir mon amant , facrifier ma flamme
N'eft donc pas affez ?
SULLI.
Non.

GABRIELLE.
Que puis-je encor ?

SULLI.
Madame,

Otez au Roi l'efpoir d'être un jour votre époux ,
Et le forcez , vous-même , à renoncer à vous.

E

GABRIELLE.

L'ai-je bien entendu ; que dites-vous, barbare ?
De tout ce que j'adore, eh quoi ! je me fépare,
Et je meurs de fes maux plus encor que des miens,
Et quand vous m'arrachez aux plus tendres liens ;
C'eft vous qui m'accablez de votre pitié feinte,
Vous qui venez jouir de mes pleurs, de ma plainte,
Vous, tyran de mon Roi, qui voulez que ma main,
Ma main lui plonge encor un poignard dans le fein ?
Trop foible que je fuis ; oui, votre zele auftere
M'infpire une frayeur fans doute imaginaire.
Eh qu'importe à la France, heureufe fous fes loix,
L'objet qu'un Roi fi jufte honore de fon choix ?
Que la Ligue murmure, & que Rome le brave,
En a-t-il triomphé pour être leur efclave ?
Je l'attends ; mon amour à lui feul eft foumis,
C'eft lui que j'en veux croire, & je n'ai rien promis.

SULLI.

Vous ne m'allarmez point, je connois Gabrielle ;
Elle rendra juftice à mon cœur, à mon zele.
Quand je viens l'éclairer fur les nouveaux complots
Qui menacent fa vie & celle d'un héros,
J'ai mes yeux pour témoins des attentats d'un traître.
J'ai dû vous en parler par amour pour mon maître ;
J'ai cru que de vous feule il apprendroit fon fort,
Et même en ce moment j'ofe le croire encor.
D'un fentiment fi pur votre ame eft animée...

GABRIELLE.

Non, vous ne favez pas combien je fuis aimée,
Vous ne concevez pas l'excès de mon malheur.
Hélas, s'il ne falloit que déchirer mon cœur,

Sulli , fi je n'avois que ma mort feule à craindre ,
S'il me reſtoit l'eſpoir d'être la plus à plaindre....
Quoi ! dans ce même inſtant , par ſes ſoins préparés ,
Les Temples font ouverts , les Autels font parés ,
Et quand vous ordonnez à ma bouche cruelle
De porter à ſon cœur la ſentence mortelle ,
Crédule , il s'applaudit du ſuccès de ſes feux ,
Et le plus grand des Rois ſe croit le plus heureux.
Heureux , ah ! qui jamais méritoit mieux de l'être ?
Sans moi , ſans mon amour il le ſeroit peut-être.
Il faut donc m'en punir , je ſens que je le dois ,
A vos yeux, comme aux miens, c'eſt rougir trop de fois
Oubliez ma colere , & plaignez ma tendreſſe ,
Le ciel me punit bien d'une trop chere ivreſſe ;
Mais enfin ç'en eſt fait, quels que ſoient mes tourmens ,
Quoique le plus aimé des Rois & des amants ,
Qu'il vienne , & contre lui j'emprunterai vos armes ,
Dans le fond de mon cœur je cacherai mes larmes ,
Je combattrai ſes feux ; & pour moins l'attendrir ,
Sulli , ne craignez pas qu'il m'échape un ſoupir.
J'irai , pour mettre un terme à ma douleur ſecrete ,
J'irai , loin de ce Prince , au fond d'une retraite ,
Où l'on ne ſuivra point la trace de mes pas.
Hélas ! où ſes regards ne penetreront pas.

SULLI.

Puis-je trop admirer cet effort magnanime !

GABRIELLE.

Ah ! ſi dans mon exil j'emporte votre eſtime ,
Jurez-moi de ſervir juſqu'au dernier moment
Ce Roi que nous aimons tous deux ſi tendrement ,
Si digne d'une amante & d'un ami fidele ,
Et qu'enfin , pour jamais , va perdre Gabrielle.

SULLI.

Je vous en fais ferment , Madame.

GABRIELLE.

Quand la mort ,
Seul efpoir de mon cœur , aura fini mon fort ,
La main de fon ami doit effuyer fes larmes.

SULLI.

Si vous l'aimez , vivez ; que ces triftes allarmes
N'accablent point un cœur fi grand , fi généreux.
C'eft ici que le Roi va s'offrir à vos yeux.

GABRIELLE.

C'eft ici que j'ai dû lui confacrer ma vie ,
Et j'y reviendrai donc , quand j'allois être unie
Par les nœuds les plus doux & les plus folemnels ,
Recevoir des adieux qui feront éternels.

Fin du quatrième Acte.

ACTE V.

SCENE PREMIERE.

GABRIELLE.

Quoi ! je vais m'expofer au tourment de le voir,
A fes yeux pénétrans cacher mon défefpoir,
Réfifter à fes pleurs, affermir fa conftance,
Et ce charme puiffant de fa douce préfence,
Ce charme qui faifoit le bonheur de mes jours,
En jouir un moment pour m'en priver toujours.
De quels traits douloureux je me fens déchirée....
Hélas ! qu'as-tu promis, malheureufe d'Eftrée ?
Quand tu vois ton amant prêt à s'unir à toi,
Tu lui diras : Vivez pour une autre que moi....
Et vous, dont les confeils ont fait ma deftinée,
Dans quel abîme affreux m'avez-vous entraînée ?
Mais ils n'envifageoient que leur propre grandeur,
Et leur langue perfide empoifonnoit mon cœur.
Enfin le voile tombe. A moi-même livrée,
Sans parens, fans amis, trifte, défefperée,
Où porter mes douleurs ? grand Dieu ! dans quel féjour
Irai-je enfevelir un malheureux amour.
O mort ! viens terminer ma déplorable vie,
Mort, viens hâter l'inftant.... Mais je vois Amelie.

E 3

SCENE II.

AMELIE, GABRIELLE.

GABRIELLE.

A-t-on suivi mon ordre ?

AMELIE.

Il est exécuté.
Dans un réduit voisin, obscur, inhabité,
Zamet attend.

GABRIELLE.

Le Roi viendra-t-il ?

AMELIE.

Oui, Madame.
Tout se ressent ici des transports de son ame.
J'ai voulu traverser les flots tumultueux
De la brillante Cour dont il reçoit les vœux ;
Mais ses yeux m'ont d'abord expliqué sa pensée :
Il va se dérober à la foule empressée.
Sourdis, à ses côtés, fixe de toutes parts,
Et du peuple, & des Grands, les avides regards ;
Mille cris d'alégresse élancés autour d'elle,
Font voler jusqu'aux cieux le nom de Gabrielle :
De votre heureux hymen, quels garands sont plus sûrs ?
On vient.

SCENE III.

GABRIELLE, AMELIE, SULLI.

SULLI.

Ah! gardez-vous d'abandonner ces murs,
Des regards ennemis évitez la préfence,
Et craignez même ici leur fourde intelligence.

GABRIELLE.

Dieu! que m'apprenez-vous? tous mes fens font glacés;
Parlez. Le Roi.... fes jours feroient-ils menacés?

SULLI.

Non. Mais contre vous feule un complot trop funefte...

GABRIELLE.

Qu'il vive & foit heureux, que m'importe le refte.

SULLI.

Sachez qu'en ce moment l'infâme trahifon
Prépare contre vous, le fer & le poifon.
Dans ce projet affreux je connois plus d'un traitre;
Si je vous les nommois, vous fremiriez peut-être.
Zamet, fecret agent de vos perfécuteurs,
Inftruit de vos deffeins, doit fervir leurs fureurs.
Le Palais que j'habite, afyle impénétrable,
Peut feul vous dérober à leur haine implacable;
Qu'il foit votre réfuge, & malgré ces pervers,
Les yeux autour de vous inceffamment ouverts,
Je réponds de vos jours, je réponds que mon zele
Rompra de leurs complots la trame criminelle.

E 4

GABRIELLE.

Eh bien ! foyez mon guide & mon libérateur,
A vos fages confeils j'abandonne mon cœur ;
Mais fi la trahifon doit me pourfuivre encore,
Quels que foient mes dangers, que le Roi les ignore.

SULLI.

Oui ; mais tandis qu'il va recevoir vos adieux,
Je cours tout préparer, & reviens dans ces lieux.

SCENE IV.

GABRIELLE.

Quel avenir attend mon ame épouvantée !
Quelle chaîne d'horreurs par Sulli préfentée !
N'entens-je pas les cris de la fœur des Valois ;
Le fer eft fufpendu fur le meilleur des Rois ;
Et moi feule en fuis caufe, & tant que je refpire,
Contre lui, contre moi, la trahifon confpire.
N'ai-je donc pas affez, par mes folles amours,
De fes profpérités empoifonné le cours ?
Que me faut-il encore, & quel efpoir me refte ?
De nourrir une flamme à mon Prince funefte ;
Et de m'enfevelir dans l'exil & l'oubli
Pour y traîner des jours qui devoient être à lui ?
Et j'éterniferois mes terreurs, mon fupplice ?
Ah ! plutôt qu'à l'inftant la mort m'en affranchiffe,
Mourons en m'arrachant de ce funefte lieu,
Et fauvons à ce Prince un trop cruel adieu.
Jufte ciel ! c'eft lui-même.

SCENE V.

GABRIELLE, HENRI.

HENRI.

Où courez-vous, Madame ?
Quel trouble à mon aspect s'éleve dans votre ame ?
Du beau jour qui nous luit corrompant les douceurs,
Vous livrez-vous encore à d'injustes terreurs ?

GABRIELLE.

Non, Sire ; de mes maux la trace est effacée...
Mon cœur est plus tranquile, & ma crainte est passée ;
Et la France elle-même approuvera mes feux,
En me voyant remplir le plus cher de ses vœux,...
Ils connoîtront....

HENRI.

Grand Dieu ! quelle pâleur mortelle !

GABRIELLE.

Comment ?

HENRI.

Vous frémissez, ma chere Gabrielle !
Ah ! ce calme apparent, ce désordre subit,
Le son de votre voix, enfin, tout vous trahit :
D'un déplaisir secret vous éprouvez l'atteinte.

GABRIELLE.

Eh bien !... qu'allois-je dire !... ô mortelle contrainte !

HENRI.

Expliquez-vous, parlez,

GABRIELLE.

Notre hymen eſt certain ;
Je n'oſois l'eſpérer : un bonheur ſi ſoudain ,
Un changement ſi prompt , cauſent le trouble extrême...
Hélas ! il m'eſt affreux de tromper ce que j'aime;
Malgré tous mes efforts je cède à ma douleur ,
Je ſens que mon ſecret s'échappe de mon cœur.
Cher Prince , vous comptiez qu'un heureux hymenée
Alloit joindre à vos jours ma vie infortunée.

HENRI.

Quoi donc ?

GABRIELLE.

Le ciel s'oppoſe à des liens ſi doux ,
Il faut y renoncer.

HENRI.

Que je renonce à vous !
Qui peut vous inſpirer cet étrange langage ?

GABRIELLE.

Sire , il eſt des devoirs où l'honneur nous engage ;
Peut-être de vos jours le ſalut en dépend ;
Un obſtacle invincible à l'Autel nous attend.

HENRI.

Votre amant , ſi le ſort contre lui ſe déclare ,
N'attendoit pas de vous un arrêt ſi barbare ;
Mon cœur s'étoit flatté d'un plus tendre retour.

GABRIELLE.

Quoi ! vous pourriez encor douter de mon amour.
O ciel ! quelle colere en vos yeux étincelle !
Quoi ! vous pourriez penſer....

HENRI.

Que dis-tu , Gabrielle ?

Ai-je pû t'offenfer ? Tu me connois trop bien
Pour croire que mon cœur doute jamais du tien.
Viens aux yeux de ma Cour abjurer tes allarmes,
Et monter fur un trône embelli par tes charmes ;
Mais quel eft cet écrit ? vous l'arrofez de pleurs :
Donnez.

GABRIELLE.

Ce dernier trait manquoit à mes malheurs,
Que la mort que j'attends fera lente & cruelle !

HENRI, *lifant.*

» Epoux de Marguerite , amant de Gabrielle ,
» Rome enfin fe déclare & rompt vos premiers nœuds ,
» Si le remords éteint de trop coupables feux.
Le voilà donc connu l'obftacle qu'on m'oppofe ;
J'en ai prévu l'effet , j'en détruirai la caufe.
Va , n'appréhende rien des Miniftres facrés ,
Va , le Trône & l'Autel ont leurs droits féparés.
Quoi ? Ne vois-tu donc pas qu'ils n'ont fait que foufcrire
Aux ordres que Philippe a l'orgueil de prefcrire ?
C'eft à ce prix, dit-on , qu'il m'ofe offrir la paix ;
Mais la France eft foumife , & mes foldats font prêts ,
Et s'il perfifte encor , fi Biron , Lefdiguieres , ,
Ne peuvent mettre un terme à cette haine altiere ,
J'irai , je porterai le fer & les flambeaux ,
Je verrai mes fujets rangés fous mes drapeaux ,
Avec eux réuni , rien ne m'eft impoffible ,
Et l'amour des François va me rendre invincible.

SCÈNE VI.

HENRI, GABRIELLE, SILLERY.

SILLERY.

Le jour de la vengeance enfin eſt arrivé.
Par le courroux du ſort, ſi long-tems éprouvé,
Sire, vous triomphez d'un complot infidèle
Qui prétendoit du Trône écarter Gabrielle.

HENRI.

Que dis-tu ?

SILLERY.

Le Germain, le Batave & l'Anglais,
Ennemis de Philippe, inſtruits de ſes projets,
N'attendent que de vous le ſignal de la guerre.
Si vous voulez venger, & la France & la terre,
Riche de leurs tréſors, accru de leurs ſoldats,
Vous les verrez en foule accourir ſur vos pas.

HENRI.

(*A Gabrielle.*) (*A Sillery.*)
Eh bien! vous l'entendez. J'y dois compter.

SILLERY.

Oui, Sire,
Et leurs Ambaſſadeurs viennent de m'en inſtruire.

HENRI.

J'embraſſe avec tranſport ce deſſein généreux,
Et pour mieux l'aſſurer je marche devant eux.
Que de tous mes guerriers l'élite ſe raſſemble,

Qu'ils foient prêts dans une heure;Et toi,Philipe,tremble.
De tes piéges fanglans j'ai dédaigné mes pas,
Et je cours te chercher au fein des tes Etats.
Quand tu verras, cruel, tout ton peuple en allarmes,
Quand l'Europe s'apprête à feconder mes armes,
Quand je peux me venger des maux que tu m'as faits,
Je veux te vaincre encor en te donnant la paix.
Je veux jufqu'en ton cœur étouffer la femence
D'un fanatifme affreux qui déchira la France :
Alors je reviendrai moins conquérant que Roi,

(*A Gabrielle.*)

Plus grand, plus digne encor de mon peuple & de toi,
Et courant aux autels, on me verra moi-même
Sur ton front adoré pofer le Diadême.
Ah ! Si je n'écoutois que la voix de mon cœur,
Loin de fufpendre encor l'inftant de mon bonheur,
De Rome & de Madrid, je braverois la haine,
Ce jour de mon triomphe eût confacré ma chaîne;
Mais depuis foixante ans, ce peuple qui m'eft cher
Gémiffant, écrafé fous un fceptre de fer,
Prodigue fes travaux, fa fortune & fa vie,
A des Rois affamés du fang de la Patrie,
Il eft tems qu'à fon tour un Monarque François
Immole fon bonheur au bien de fes fujets.

SILLERY.

Vous cedez cependant, & Philipe va croire....

HENRI.

J'attendois un confeil plus conforme à ma gloire;
Sillery, c'eft affez, faites venir Sulli.

SCENE VII.

GABRIELLE, HENRI.

GABRIELLE, *à part.*

LE feul vœu de mon cœur enfin eſt accompli,
Et je puis de mes feux dérober l'infortune
Aux regards fatisfaits d'une Cour importune.

(Au Roi.)

Enfin, feule avec vous, je goûterai du moins
La douceur de pleurer un moment fans témoins.

HENRI.

Tu vois, à cet effort que j'ai fait fur mon ame,
Si mon peuple m'eſt cher, & fi l'honneur m'enflamme;
Mais la terre & les cieux, réunis contre moi,
Confpireroient en vain pour m'arracher à toi.
Je dois un facrifice à ma trifte Patrie,
Mais crois ce cœur qui t'aime avec idolatrie;
Les flambeaux de l'hymen éclaireront nos nœuds,
Je te le jure encor à la face des cieux.
Dans ce fatal inftant j'admire ton courage,
Du terme de nos maux qu'il foit l'heureux préfage;
Sans doute que du ciel conjuré contre nous,
Tant d'amour, de vertus, fléchiront le courroux.
Va, chaque jour ma main te retraçant ma flamme,
Abfente de mes yeux, tu liras dans mon ame.
Je reviendrai vainqueur, & plein de mon amour.
Chere époufe, en quels lieux fixe-tu ton féjour?

GABRIELLE.

Non loin de ce Palais , Sulli m'offre un afyle.

HENRI.

Sulli !

GABRIELLE.

J'y dois trouver un port fûr & tranquile.
C'eft-là que j'attendrai la fin de mes malheurs.

(*A part.*)

Séparons-nous... Adieu , cher Prince. Je me meurs.

HENRI.

Quels adieux !

GABRIELLE, *à part.*

Je fuccombe à cet effort barbare.

HENRI.

Attends, attends, du moins que mon cœur s'y prépare.
Ma chere Gabrielle , eh quoi , tu peux me fuir
Sans donner à mes maux une larme, un foupir ?
La plus légere abfence effrayoit ta tendreffe :
Qui te rend donc fi calme, & d'où naît ma foibleffe ?
D'où vient que ton courage augmente ma terreur ?
Je me fens pénétré d'une fecrete horreur.

GABRIELLE.

Vous-même en fes devoirs foutenez Gabrielle :
A votre cœur fouvent que l'amour la rappelle.
Puiffiez-vous devenir plus grand, plus renommé ,
Vous ne ferez jamais fi tendrement aimé.

SCENE VIII.

HENRI, *seul.*

Il faut fe vaincre ; il faut plus tranquile & plus fermé,
Quels que foient mes tourmens que mon cœur les renferme
Je le veux : cependant, fes regards, fes difcours,
Voulant me raffurer, m'épouvantoient toujours.
D'un finiftre projet feroit-elle occupée ?
Dans de fombres terreurs fon ame enveloppée,
Prête à s'ouvrir à moi, fembloit fe retenir :
Oui, jé croirois.... O Dieu ! que vas-tu devenir ?
Malheureufe d'Eftrée ; elle en mourra peut-être.
Et Sourdis ne vient point ; mais je la vois paroître.

SCENE IX.

HENRI, SOURDIS.

HENRI.

Ah, Madame !...

SOURDIS.

Sulli trahit vos intérêts ;
Il a de votre hymen fufpendu les apprêts,
Et...

HENRI.

Courez chez Sulli, volez vers Gabrielle ;
J'ai reçu fes adieux, vous apprendrez tout d'elle.

SOURDIS.

SOURDIS.

Quoi, Sire ! vous pourriez...

HENRI.

Ne me repliquez pas,
Je le veux, je l'ordonne, accompagnez ses pas.
Pardonnez ; vous voyez le trouble qui m'égare :
L'Espagne me réduit à cet effort barbare ;
Partez ; si Gabrielle en ce nouveau malheur,
Reste plus long-tems seule en proie à sa douleur,
Si vous l'abandonnez, je tremble pour sa vie :
Retracez-lui l'effroi dont mon ame est saisie,
Et dites-lui sur-tout, pour mieux la rassurer,
Que je ne peux jamais cesser de l'adorer,
Que je fais mon bonheur de voir sa destinée,
Par le plus saint des nœuds, à la mienne enchaînée,
Que nous triompherons après tant de revers,
Qu'elle ait soin de ses jours, si les miens lui sont chers.

SOURDIS.

Et pourquoi ! vous l'objet, l'auteur de ses allarmes,
Empruntez-vous ma main pour essuyer ses larmes ?
Quoi, Sulli, de vos feux a rallenti l'ardeur ?

HENRI.

Arrêtez ; gardez-vous de soupçonner mon cœur !

SOURDIS.

Sire, eh bien, croyez-moi, cessez de vous contraindre,
Maître absolu d'un peuple, est-ce à vous de le craindre ?
Peut-il vous opposer un obstacle assez grand...

HENRI.

Je suis son Roi, Madame, & non pas son tyran :
Plaignez mon désespoir sans l'augmenter encore,
Cachez-moi, s'il se peut, l'affront que je dévore ;
Partez, volez vers elle, & rassurez son cœur ;
Chaque mot, chaque instant redouble ma terreur.

F

SCENE X.

HENRI, SULLI.

SULLI.

Sire, contre vos feux Rome s'est déclarée.

HENRI.

Faisant un effort sur lui-même.

L'hymen est suspendu, je m'arrache à d'Estrée,
Etes-vous satisfait?

SULLI.

Ah, Sire! à cet effort,
Je reconnois un Roi qui sait dompter le sort.

HENRI, *vivement.*

Cruel, plains-moi du moins quand mon cœur sacrifie
A des sujets ingrats le bonheur de ma vie.

SULLI.

Vous l'éprouvez, souvent après de longs travaux,
La gloire est le seul prix des Rois & des héros.

HENRI

Sulli, si tu savois dans quelle horreur mortelle,
Avant de me quitter, m'a plongé Gabrielle?

SULLI.

(*A part.*)

Avant de vous quitter. Qu'entends-je? justes cieux!

H E N R I.

Depuis que j'ai reçu ses funestes adieux,
Tes yeux ont dû la voir.

S U L L I.

Quoi, Sire! elle est partie.

H E N R I.

D'où te vient cet effroi?

S U L L I, *à part.*

Je tremble pour sa vie.

H E N R I.

Que dis-tu?

S U L L I.

Mais enfin, quel est donc son projet?

H E N R I.

De trouver chez toi-même un asyle secret.

S U L L I, *à part.*

Elle m'avoit promis.... Quel jour affreux m'éclaire,
D'un infâme complot j'entrevois le myftere.
(*Haut.*)
Et malgré mes conseils elle a pu vous quitter?

H E N R I.

Ah! sans doute à ses jours elle veut attenter,
S'il en est tems encore, ami, volons vers elle.

S U L L I.

Restez. Enseignez-moi le lieu qui la recele,
Et j'y cours.

SCENE XI.

HENRI, SULLI, SILLERY.

SILLERY.

Chez Zamet elle a porté ses pas.

SULLI.

Chez Zamet? & le traître a juré son trépas.

HENRI.

Ah! courons l'arracher à ce lâche homicide.

SILLERY.

Non, vous ne suivrez point le transport qui vous guide,
Non, mon Roi, je ne puis...

HENRI.

Quoi, tu retiens mes pas?

SILLERY.

O Prince infortuné, ne la revoyez pas.

HENRI.

Barbare, je t'entends, on a tranché sa vie.

SILLERY.

Non, Sire, non, le sort ne vous l'a point ravie;
Tremblante pour vous seul, en proie à ses douleurs,
D'un pas irrésolu, les yeux baignés de pleurs,
Elle entre chez Zamet où le hazard m'attire.
Tout-à-coup elle tombe en un sombre délire.
Le frisson la saisit & ses sens sont glacés;
Mon œil la méconnoit dans ses traits effacés;
Le ciel à ses tourmens égale sa constance.

H E N R I.

Ôte moi donc, barbare, ou me rend l'esperance.
Arrache moi le cœur.

S I L L E R Y.

Un chagrin trop preſſant
Peut-être aura cauſé les maux qu'elle reſſent.
Zamet eſt dans les pleurs, & Sourdis auprès d'elle..
Mais quel bonheur, vers vous, ramene Gabrielle?

S C E N E   X I I, *& derniere.*

HENRI, SULLI, SILLERY, GABRIELLE, SOURDIS, AMELIE, Courtisans.

H E N R I.

Gabrielle! ah! le ciel te rend à mon amour.
O bonheur inoui! je paſſe tour-à-tour
De l'excès du malheur au comble de la joie.
A quels affreux tourmens mon cœur étoit en proie?
Mon fatal aſcendant pour toi m'a fait trembler;
Du poids de mes revers j'ai craint de t'accabler:
Enfin à ton aſpect mon ame eſt raſſurée.
Si tu chéris ma gloire, ô ma chere d'Eſtrée?
Viens, viens de tes regards m'enflammer aux combats,
La victoire à tes yeux doit marcher ſur mes pas:
Ne nous ſéparons plus.

GABRIELLE, *à part.*

O douleur qui me tue.
Je ne puis ſoutenir une ſi chere vue,

(*Cachant avec peine les douleurs aiguës qu'elle éprouve
par intervals.*)

(*Au Roi.*)

Ah ! montrez moins d'amour à mon cœur déchiré;
Dans l'horreur des toutmens mon efprit égaré
A trop imprudemment cherché votre préfence;
Je ne puis vous flatter d'une fauffe efpérance.
(*Bas.*)
Sourdis , arrachez-moi de ce funefte lieu.
(*Haut.*)
Cher Prince, il faut nous dire un éternel adieu.

HENRI.

Que dis-tu? Quelle horreur me faifit, m'environne?
Gabrielle en mes bras, pâlit, tremble, friffonne.
Quel foupçon effrayant fe réveille en mon cœur?
Seroit-il vrai, grand Dieu ! qu'un traître, en fa fureur,
Eut ofé.... Qu'à l'inftant ce monftre fanguinaire,
Zamet, chargé de fers...

GABRIELLE.

Ah ! fi je vous fuis chere,
Vous n'imputerez pas mon malheur à Zamet,
Le ciel vouloit ma mort, & mon cœur s'y foumet;
Moi-même j'ai voulu renoncer à la vie,
Heureufe de fervir mon Prince & ma Patrie.
Je vous rends les fermens, garants de votre foi,
Qu'une autre, s'il le faut, plus heureufe que moi,
Puiffe un jour... Je me meurs.

HENRI, *fe précipitant fur elle.*

Ah, dieu ! je vais te fuivre,
Chere époufe; tu meurs; il m'eft affreux de vivre.

SULLI.

Que je fuis pénétré de l'horreur de leur fort !
(*Regardant le Roi.*)
Ciel ! je vois fur fon front la pâleur de la mort.

Aux Courtisans.)
Eloignez de ses yeux cet objet lamentable.
(*Revenant vers le Roi.*)
Je crains qu'il ne succombe au tourment qui l'accable.
M'entendez vous, cher Prince ?

  HENRI, *se relevant avec effort & laissant voir*
   un désespoir morne.

     Arrête, & cache-moi
Cette indigne pitié qui méconnoît un Roi.
Songe que Gabrielle à l'Etat sacrifie,
Et l'amour, & l'hymen, & le trône, & la vie?...
Que tout respecte ici mon désespoir mortel...
Publie dans la France un deuil universel.

F I N.

APPROBATION.

J'AI lû par ordre de Monsieur le Lieutenant Général de Police, le manuscrit de la Tragédie ayant pour titre : *Gabrielle d'Estrée,* & je n'y ai rien trouvé qui m'ait paru devoir en empêcher la représentation & l'impression, à Paris, ce premier Janvier 1778.

    PHILIPPE DE PRÉTOT.

Vû l'Approbation, permis de représenter & imprimer, à Paris, ce 2 Janvier 1778.

    LE NOIR.

www.ingramcontent.com/pod-product-compliance
Ingram Content Group UK Ltd.
Pitfield, Milton Keynes, MK11 3LW, UK
UKHW020316130726
13696UKWH00003B/1095